Julius Leidolf

Die Naunheimer Mundart

Eine lautliche Untersuchung

Julius Leidolf

Die Naunheimer Mundart
Eine lautliche Untersuchung

ISBN/EAN: 9783743652866

Hergestellt in Europa, USA, Kanada, Australien, Japan

Cover: Foto ©Andreas Hilbeck / pixelio.de

Weitere Bücher finden Sie auf **www.hansebooks.com**

DIE NAUNHEIMER MUNDART.

EINE LAUTLICHE UNTERSUCHUNG.

INAUGURAL-DISSERTATION

ZUR

ERLANGUNG DER DOCTORWÜRDE

DER HOHEN

PHILOSOPHISCHEN FACULTÄT ZU JENA

VORGELEGT VON

JULIUS LEIDOLF

AUS NAUNHEIM BEI WETZLAR.

DARMSTADT.

G. OTTO'S HOF-BUCHDRUCKEREI.

1891.

DEM ANDENKEN

MEINER GELIEBTEN ELTERN

GEWIDMET.

DIE NAUNHEIMER MUNDART.

EINE LAUTLICHE UNTERSUCHUNG.

Mein Heimatdorf, dessen Mundart den Gegenstand der folgenden lautlichen Untersuchung bildet, liegt an der Lahn, eine Stunde oberhalb der ehemaligen freien Reichsstadt Wetzlar. Nach der Einteilung in die alten sechs Hessengaue gehört es zum Niederlahngau, und seine Mundart ist also südrheinfränkisch, auch kürzer als süd- oder als rheinfränkisch bezeichnet.

Die Wetterauer Mundart, deren Grenze sich wenige Stunden nach Südosten und Osten entfernt hinzieht, bietet manche interessanten Eigentümlichkeiten, die der Gegenüberstellung mit unserem Dialekte wert erscheinen und in der folgenden Untersuchung deshalb auch an manchen Stellen zur Vergleichung herangezogen worden sind. Auf geringe Verschiedenheiten, welche die Mundarten benachbarter Dörfer zeigen, ist zuweilen unter Angabe der abweichenden Formen hingewiesen.

Die lautliche Untersuchung nimmt das Mittelhochdeutsche überall zum Ausgangspunkt, wobei natürlich mitteldeutsche Formen vielfach besonders berücksichtigt werden.

Die Reihenfolge der Wörter ist so geordnet, dass zuerst die mittelhochdeutsche, dann die mundartliche und zuletzt die neuhochdeutsche Form steht, die jedoch bei Übereinstimmung mit der mhd. meistens weggelassen ist. Da die genaue und deutliche Bezeichnung der mundartlichen Laute in einzelnen Fällen schwierig war, so mag zunächst eine Tabelle der Vokale folgen, die den erforderlichen Aufschluss über die Lautwerte giebt.

Die Naunheimer Mundart weist folgende 23 Vokale und Diphthonge auf:

1) *ă* wie in satt,

2) *a* „ „ haben,

3) *æ* „ „ Mähne,

4) *ai* „ „ beide,

5) *au* „ „ Tau,

6) *æi*, ein langes, zuweilen mittellanges *ā* (offenes *e*) mit Nachklang von *i*; schon von Weigand *āi* bezeichnet.

7) *ĕ*, kurz und offen wie in hell,

8) *ê*, kurz und geschlossen, etwa mit der Klangfarbe de *e*-Lautes in „Seele“ (nur kurz).

9) *ē* lang und geschlossen wie in „fehlen“.

10) *ə* wie in „gerade“.

11) *ĕa*, kurzes offenes *ĕ* mit Nachklang von *a*; schon von Weigand so bezeichnet.

12) *êa*, kurzes geschlossenes *ê* mit Nachklang von *a*.

13) *ēa*, der Laut unter 11), nur lang.

14) *ĭ* wie in still,

15) *ī* „ „ Liebe,

16) *ŏ* „ „ voll,

17) *ō* „ „ Ofen.

18) *ŏa*, ein offenes kurzes *ŏ*, nach *a* hinklingend; schon von Weigand so bezeichnet.

19) *ōa*, derselbe Laut, nur lang; er kommt dem Laute des *o* in frz. mort und engl. *o* in more sehr nahe, doch klingt das *o* zuerst etwas mehr vor; vgl. Vietor, Elem. d. Phon. § 43 Anm. 2.

20) *oi* wie in Leute;

21) *ou*, kurzes offenes *o* mit Nachklang von *u*.

22) *ŭ* wie in Schuld,

23) *ū* „ „ Mut.

Die meisten Vokale kommen auch nasaliert vor, selbst *i* und *u*; die Nasalierung ist bezeichnet durch ein untergesetztes Häkchen, z. B. *ą*, *į*.

Zu den Konsonanten schicke ich im allgemeinen folgendes voraus. Die sogenannten „weichen“ Konsonanten werden in Mittel- und Süddeutschland schwach artikuliert, sind aber dabei nicht stimmhaft. Dies gilt in unserer Mundart besonders von den Verschlusslauten *d*, *b* und *g*, die man wohl als „schwache Tenues“ bezeichnen kann; vgl. Vietor, Elem. d. Phon. S. 109. Da in den meisten Fällen die Tenues *k*, *p* und *t* den Medien *g*, *b* und *d* in der Aussprache ganz nahe kommen, so sind sie in den mundartlichen Wörtern auch durch die Zeichen der letzteren wiedergegeben worden. Ausserdem sind (nach Vietor) noch folgende Lautzeichen angewandt:

c = dem Laute in ach,
ç = dem Laute in ich; stimmhaft kommen diese Laute nicht vor;
ng = *ŋ*,
š = *sch*, wie auch *s* immer stimmlos, aber dabei nicht mit grosser Schärfe zu sprechen;
ts = *z*.

Näheres findet sich noch bei Besprechung der einzelnen Konsonanten.

Auf eine Eigentümlichkeit der Wetterauer Mundart, welche die unsrige nicht mit ihr teilt, mag schon hier in der Einleitung hingewiesen werden. Im Naunheimer Dialekt ist die übliche Verkleinerungssilbe — *çə* (-chen) und nach *g*, *ch* und *k* zur Vermeidung des Missklanges (doppelter Guttural) -əlçə (-elchen); z. B. dēbçə Töpfchen, mēnçə Männchen, hēbçə Höfchen, dēšçə Tischchen, wēldçə Wäldchen, blēdçə Blättchen; bēçəlçə Bächlein, dræçəlçə Tröglein, lēkəlçə Löckelchen, šdēkəlçə Stöckchen, wæçəlçə schmaler Pfad u. a. m. Daneben finden sich dann noch Formen wie līdərçər, kīnərçər, mārərçər Mädchen; vgl. Weig. D. Wtb. I. S. 309.

Die Wetterauer Mundart bildet nun zahlreiche Verkleinerungsformen ganz auf dieselbe Weise; aber sie verwendet daneben noch vielfach die Endung *-i*, die den Wetterauer schnell verrät; sie scheint jedoch, wie schon Pfister, Nachträge S. 45 andeutet, nur nach *s*- und *z*-Lauten (vielleicht auch nach *d*) anzutreten. Beispiele: kētsi Kätzchen, moisi Mäuschen, hæsi Häschen, ēsi (von Aas) scherzhaft für „verschnitztes Kind", glæsi Gläschen, wæsi (Bäschen) Tante, mæsi Meise Meischen, šĕtsi Schätzchen, pĕksi Pückchen, šēsi Chaischen, plĕtsi Plätzchen, wĕtsi kleines männliches Schwein, Lêbsi (von Philipp) und Nĭkəlēsi (von Nikolaus); sehr häufig auch das adverbial gebrauchte ə bĭsi ein Bisschen.

I. VOKALE.

A. Kurze Vokale: *a ę ē i o u ō ü.*

1. a.

Das kurze mhd. *a* erscheint:

1) unverändert als *ă* im Inlaut vor Doppelkonsonanten und Konsonantenverbindungen: lappe labə, snappen šnăbə, halp hălb, kappe kăb, kale kălk, damp dămb Dampf, daȥ dăs dass, danne dăn, kalp kălb, gaȥȥe găs, gust gäsd, rasch răš, ratte rad. vaȥ fas, vaȥȥen făsə, vasten făsdə, vaste făsd fast, valn făn fallen, valsch fălš, galge găljə Galgen, galle găl balke balke Balken;

2) gleichfalls unverändert als *ă* vor einfacher Konsonanz in: kamer kămər Kammer, schal šăl Schall, vach făc Fach, dam (tam) dăm Damm, kam kam Kamm, baten bădə = nützen, helfen (vgl. Weigand, D. Wtb. I S. 152 „batten“);

3) gedehnt als *ā* vor der Konsonantenverbindung *lt* in: alt āld, kalt kāld, gestalt gəšdāld, walt wāld. gewalt gəwāld, balde bāl, valte fāl, halten hālə. Vor ausgefallenem *g* in nagel nāl;

4) gedehnt als *ā* und nasaliert vor *nt* in: hą̄d, są̄d, wą̄d, pą̄d, šmą̄d, bəką̄d, foršdą̄d; vgl. dazu *n* (Nasalierung);

5) die Nasalierung unterbleibt, und die Kürze ist erhalten in: lant lănd, rant rand, bant bănd, gewant gəwănd = Gewand und gewandt;

6) verdumpft und gedehnt vor einfachem Konsonanten: gras groās, glas gloās, nase noās, waȥ woās (woās), rat roād Rad, stat šdoād Stadt, star šdoār Star, schar šoār Schar, păr poār Paar, gare goār gar, kal koāl kahl, sal soāl Saal, schāl(e)

šōāl Schale, sat sōād satt, mager mōācər, naht nōācd, tac dōāk Tag, nagen nōācə, zal tsōāl Zahl, tal dōāl Thal, smal šmōāl schmal, wal wōāl Wahl, gemach(e)t gəmōācd.

Anm. Auch wo einfache Konsonans durch Ausfall eines r zur Konsonantenverbindung geworden ist: varn foan fahren. maln mōān mahlen, bezaln bətsōān bezahlen. So auch noch in: garte gōādə Garten, warten wōādə, garn gōān, art oad, zart tsōād, bart bōād, vart fōād Fahrt, karte kōād, scharte šōād, swart(e) šwōād Schwarte.

7) verdumpft und kurz in: hart hōād, gabel(e) gōāwəl, nabel nōāwəl, snabel šnōāwel Schnabel, zabeln tsōāwən zappeln, krabelen krōāwən früher nhd. krabeln, haben hōāwə halten (nicht „haben");

8) als ō in name nōmə Name, lam lōm lahm, kam kōm kam, nam nōm nahm, hamer hōmər Hammer, rasen rōsə rasen toben, ram(e) rōmə Rahmen, ham(e) hōmə Hamen (Netz), scham šōm Scham, zesamene səsōmə zusammen (Wetterau: səsōmə), zan(t) tsǭ Zahn, paht (md.) für mhd. phaht(e) pōcd Pacht; statt šōm noch sehr oft die Form šāməd (mhd. schamede) vgl. Weig. D. Wtb.;

9) als ĕ in: ar(e)beit ĕrwəd Arbeit (ebenso in d. Wetterau);

10) als ŭ in dŭwak Tabak (oder sollte hier das im 17. und 18. Jahrh. übliche Tobak im Spiele sein?), und in amsel ŭmšəl, wetterauisch: omšil.

2. ę.

Vorbemerkung. Vor einfachem Konsonanten, besonders im Oberdeutschen, wandelte sich *a* vielfach durch Umlaut in ę, eine teilweise Angleichung des Vokals der vorhergehenden betonten Silbe, bewirkt durch ein *i* oder *j* der folgenden unbetonten Silbe. Dieser Umlaut ist fern zu halten von einem *ë*, das mit *i* wechselt, wobei bald *ë* bald *i* die Grundlage ist. Von diesem *ë* nahm Jakob Grimm an (aber irrigerweise, wie nun festzustehen scheint), dass es überall aus älterem *i* hervorgegangen sei, und diesen Übergang bezeichnete er demgemäss als Brechung; vgl. Paul, Mhd. Gram. III. Aufl. § 43 Anm. 1.

In der Naunheimer Mundart sind diese beiden *e* scharf auseinander gehalten. Es erscheint nämlich *ë* in der grösseren

Zahl der Wörter als *ēa* oder *ēa*, während *ę* als kurzes (geschlossenes oder offenes) *e* erscheint, niemals aber als *ea*. Dagegen tritt das kurze *ĭ*, das mit *ē* wechselt, in sehr vielen Wörtern wie das letztere als *ea* auf, nur hat es geschlossenes kurzes *ē*; vgl. die einzelnen Vokale *ę*, *ë* und *ĭ*.

Das mit *a* verwandte *ę* erscheint nun in der N. M.

1) als *ĕ* in: kęʒʒel kĕsəl, geschęfte gəšĕfd, kręftic krĕfdiç, vęst(e) fĕsd fest, ęsche ĕš, ęrw(e)iʒ ĕrwəs Erbse, ęcke ĕk, kęlte kĕl Kälte, hętzen hĕtsə, nętze nĕts Netz, nętzen nĕtsə, sętzen sĕtsə, kętzer kĕtsər, bęʒʒer bĕsər, bęst bĕsd, ęʒʒich ĕsiç Essig, męsten mĕsdə müsten, tręppe drĕb, bęcker bĕkər Bäcker, dęcken dĕkə, bęche (Pl. v. bach) bĕç Bäche, sętele sĕdəl Sättel, snębele šnĕwəl Schnäbel, węcke wĕk Weck (keilförmiges Gebäck), kęlter kĕldər Kelter, ęrne ĕrnd Ernte, kęlle kĕl Kelle;

2) als *ê* vor *l*, *m*, *n*, *r*, *d* und *t* in: gęrte gêrd Gerte, męrken mêrkə, węrme (węrmede) wêrm Wärme, gedęrme (gedirme) gədêrm, kęten(e) kêrəm Kette, rędc rêd, vręmde frêmd, kęlch (kalikem) kêlç, rętten rêdə, vęter(e) fêdər Vetter, ęrmel êrməl Ärmel, ęne(n)kel êggəl Enkel, ęngel êŋəl, gelęnke gəlênk, dęnken dêŋgə, krenken krêŋgə, schęnken šêŋgə, schęnkel šêŋgəl, smęlzen šmêltsə schmelzen (zerfliessen machen), blęteren blêrən blättern, ędele êdəl, vęrkel fêrkəl Ferkel, hęngest hêŋsd Hengst, hęmde hêmb Hemd, ęrle êrl, ęnte ênd, węlben wêlwə wölben, ęnde ên, ęrbe êrwə, ęlle êl Elle (Mass), ęnge êŋ eng, ęndern ênərn ändern, hęrbest hêrbsd Herbst, tęngeln dêŋən dengeln, hęmmen hêmə, męrze mêrts März, lęnge lêŋ, stęngel šdêŋəl, spęrren šbêən;

3) als *ē* vor *ln*, *rn*, einfachem *r*, *s*, und *g*: quęln kwēn quälen, węln wēn wähnen, zęln tsēn zählen, schęln šēn schälen; hier mag wohl durch den Ausfall des *l* im Dialekt das *e* gedehnt worden sein; hęre hēr Herr, męre mēr Meer, nęrn nēən nähren, węrn wēən wehren; bei den beiden letzten Wörtern muss der Umstand, dass das *r* wie *ə* klingt, Ursache der Dehnung des *e* sein; ęsel ēsəl, glęsir glēsər Gläser, kęgel kēçəl, ęgede ēk oder ēç Egge, ręgen rēçə regen;

4) als *æ* vor *r*, *v* und *g* in: węr wær Wehr (Damm in e. Flusse), vręvel fræwəl Frevel, jęger(e) jæjər Jäger, dęgen

(spät mhd. aus frz. dague) dæjə Degen. nęgele (statt nagele) næjəl Nägel;

5) als ĭ vor *sch* und einmal vor *b*: męnsch (mannisco) mĭnš Mensch (vgl. dazu plattdeutsch Minsch), hant-schuoch, hęnt-schuoch, hęntsche, hęnsche (alle Formen schon mhd.) hĭnšə Handschuh, knębel knĭwil Knebel und Knüttel; vielleicht auch noch slęnkern šliŋgərn schlenkern (aber schon mhd. mit *i* : slinker).

Von den Wörtern hęlle, zwęlf und lęffel, die im Nhd. ein *ö* zeigen, werden die beiden ersten mit kurzem geschlossenem *ĕ* (hĕl tswĕlf), das letzte mit kurzem offenem *ĕ* (lᵉfəl) gesprochen; doch würde bei ihnen ja auch ein *ŏ* entweder als geschlossenes oder als offenes *e* erscheinen.

Anm. Im Wetterauischen findet sich ĭ vor *r* in hęrbest hĭrbsd Herbst; mhd. lërche ist wetterauisch lĭrç und im Nhm. Dialekt lërçə.

3. ë.

Das mit *i* wechselnde *ë* erscheint zunächst als e͡a vor Konsonantenverbindungen (auch wenn dieselbe erst nachträglich durch Angleichung (Assimilation) oder Ausfall eines unbetonten *e* entstanden ist) und vor einfachem *b* und *m*: vëlt fe͡ald Feld, vëlge fe͡alç Folge, vërne fe͡an fern, vëder fe͡arər Feder, vël fe͡al Fell, bëtelen be͡an, spëc šbe͡ak, spëlze šbe͡alts Spelz (bes. der Kern in der Walnuss), këller ke͡alər, swëster šwe͡asdər, snël šne͡al, gëlt ge͡ald Geld, sëlten se͡alə, ëben e͡awə soeben, wëlle we͡al Welle (Holz), hël he͡al hell, hëlfen he͡alfə, lëken le͡akə, sëlker se͡alwər, brëchen bre͡acə, vrëch fre͡ac frech, stëcke šde͡akə Stecken, stëchen šte͡acə, sprëchen šbre͡acə, mësse me͡as Messe, mëlken me͡alkə, mëʒʒen me͡asə; gëben ge͡awə, nëst ne͡asd (die Nhmr. Mundart würde hier also das *ë* in nëst bestätigen; vgl. dazu Paul, Mhd. Gram. § 43 Anm. 3), ëʒʒen e͡asə, vergëʒʒen fərge͡asə, kërn ke͡an, stërne šde͡an Stern, stërben šde͡arwə, gërne ge͡an, lëber le͡awər, lëder le͡arər, wëter we͡arər, wëlc we͡alk welk, schëlle še͡al Schelle, schëlten še͡alə, rëche re͡acən Rechen, vlëcke fle͡akə Flecken, sëch se͡ac Sech (das niederhangende Pflugmesser, nicht die Pflugschar), hërze he͡ats, përle pe͡al, vlëdermûs fle͡arərmaus, gëstern ge͡asd;

2) als ēa vor einfacher Konsonanz in: lēben lēawə, vērsen fēašd Ferse, bērc bēak Berg, nēben nēawə, swēben šwēawə, strēben šdrēawə, kēle kēal Kehle, bēsem bēasəm Besen, swēvel šwēawəl Schwefel, gēl gēal gelb, mēl mēal Mehl, trēten drēarə, gebēt gəbēad, brēt brēad, lēsen lēasə, wēsen wēasə Wesen, klēben klēawə, gewēben gəwēawə (also das alte Pc. erhalten) gewebt, hēlwe hēald = Spreu (Kaff) vgl. Vilmar Idiot. S. 162. Da im Mitteldeutschen ë beliebt ist und zuweilen selbst da steht, wo das Oberdeutsche ein i verlangt, so erscheint es auch z. B. in der 1. Sg. Prs. Ind.: ich gëbe, ich lëse, im N. Dialekt gēawə, lēasə. In dem Worte „Bretzel“ setzt Kluge (Et. Wtb.) wohl mit Recht nach den schwäbischen Formen brätzg brätzet und dem ahd. brizzilla ein ë voraus; denn es heisst im N. D. brēatsəl, was auf eine mhd. Form brëzel fast mit Bestimmtheit schliessen lässt;

3) als ĕ in hëlme hĕlm Helm (wohl deshalb, weil es der ins Elternhaus zurückkehrende Soldat so spricht);

4) als ē nur in sëhs sēks sechs und in kërse (woneben freilich oft kirse) kērš Kirsche;

5) als ă nur in sëlp(b) = săl in Ausdrücken wie săl drēad = selb dritt;

6) als æ vor c, h und r in: wëc wæk Weg, stëc šdæk Steg, ërde ær(ə) Erde, wër wær wer, slëht šlæçd (doch auch sehr oft šlĕçd) schlecht, knëht knæçd, bër bær Bär, hërt hærd Herd, hërte hærd Herde, hër hær her, enbërn enbæən entbehren, sëgen sæçə und sæjə, wërc wærk (oft auch wĕrk) Werk, wërc(h) wærk und wærç Werg, schëdel šædəl Schädel, vëgen fæjə fegen, smër šmær Schmeer;

7) als ĭ in nëbel nĭwəl und nĭwĭl Nebel, Ztw. mhd. nibeln und nëbelen, dial. əs nĭwəld, es nebelt;

8) als ĕ in lëdic (woneben mhd. lidic) lĕriç ledig (vielleicht mhd. lędic voraussetzend); sëhen sę sehen und zëhen tsēə zehen, wo die verkürzten mhd. Formen sên und zên anzusetzen sind und sëgel sēçəl Segel, das wohl erst spät im Dialekt erscheint;

9) als ī nur in geswër gəšwīr Geschwür, wo die nhd. Form eingewirkt haben mag;

10) als kurzes ŏ in moltwërf(e) (ahd. multwurf) mŏldrŏf

(Metathesis), Odenwald: mŏlbərd Maulwurf. Bei diesem Worte hat wohl Angleichung des zweiten Vokals an den ersten stattgefunden.

Anm. Die Wetzlarer Mdt. hat an Stelle des langen ēa stets langes geschloss. ē, z. B. lēwə leben, nēwə neben, bēsəm Besen, šdrēwə streben u. a. m.

4. ĭ.

Das kurze mhd. ĭ erscheint zumeist als ēa, d. h. geschlossenes kurzes ē mit Nachklang von ă: vinden fēanə, vinger fēaŋər, sinken sēaŋgə, singen sēaŋə, silbe sēalb, sin(n) sēan Sinn, kint kēand, linde gəlēand gelind, linde lēan Linde, binden bēanə, rinde rēand Rinde, rinne rēan Rinne, gewis gəwēas, riȝ rēas Riss, rinc rēaŋ Ring, dinc dēaŋ und dēaŋk Ding, tinte dēandə, spinnen šbēanə, springen šbrēaŋə, gelingen gəlēaŋə, biȝ bēas Biss, list lēasd, stimme šdēam, slimp šlēam schlimm, swingen šwēaŋə, swimmen šwēamə, schif šēaf Schiff, schilt šēald Schild, blint blēand, bitter bēadər, slinge šlēaŋ, hirne hēan, hirȝ hēaš Hirsch, hirte hēad Hirt, sliz šlēats Schlitz, ni(h)t nēad nicht (zu ni(h)t vgl. ie [niet]), mist mēasd, darinne drēan drin, winc wēank Wink, winde wēan Winde (Vorrichtung zum Aufwinden) stirne šdēan, wirt wēad Wirt;

2) als ē in: wilde wēl, wille wēn, stille šdēl still, distel dēsdəl, rippe rēb, miltou mēldā Meltau, ahd. chissa (glossae trevirenses) kēs Kiss, vgl. dazu Weig. D. Wtb., Vilm. Idiot. und Heinzerling, die Siegerländer Mundart S. 20, birke bērk, geschirre, gəšēr, geswister gəšwēsdər, dic dēk dick; vgl. dicke in d. Bed. "oft" = dēak, das meist gebraucht wird; hitze hēts, sitzen sētsə, riz rēts Ritze, milte mēl mild, milch mēlç, mit mēd, mitte mēd, mittel mēdəl, schirbe (woneben schërbe, das aber keine dialektische Form abgiebt) šērb Scherbe, brille brēl, bringen brēŋə, kitzeln kētsən, zirkel tsērgəl, zirc bətsērk Bezirk, blinken (erst nhd.) blēŋgə, Waldgirmes und Kleingirmes = Wāldgērməs und Klāgērməs, zwei je 1/2 Std. von Nhm. entfernte Dörfer;

3) unverändert als ĭ in: himel hĭməl, bilde bĭld, bischof bĭšōf, bitten bĭdə, ritter (woneben rîter) rĭdər, gewitere, gəwĭdər, Liste (erst nhd. aus frz. liste) lĭsd, siben sĭwə, sichel

sīçil. geschiht gəšīçd, gesiht gəsīcd. tihten dīçdə dichten. rihten rīçdə, slihten šlīçdə, gewihte gəwīçd Gewicht. sip sīb Sieb, gelit glīd Glied, wise wīs Wiese;

4) als ī vor *l* und *r* in: dil (dille) dīl (masc.) Diele f., vil(e) fīl viel, stil šdīl Stiel, zil tsīl Ziel, bir bīr Birne (wo das *n* der Flexion angehört); auch vor *h* in vihe (vëhe) fī Vieh;

5) als *ai* in ich aiç, mich maiç, dich daiç, sich saiç, aber nur wenn diese Wörtchen allein stehen oder besonders betont sind, sonst haben sie ī, also īç, mīç, dīç und sīç. Erwähnenswert sind wohl noch die 2. und 3. Ps. Sg. Prs. Ind. von trëten tritest und tritet nhd. trittst und tritt, dial. drēdsd und drēd. Hier mag wohl eine Einwirkung des erhaltenen Dentals vorliegen, denn in anderen Formen erscheint an Stelle des zweiten *t* resp. *d* ein *r*, z. B. aich drēārə, doch heisst es wieder in der 2. Ps. Mz. īr drēād (trëtet).

5. ŏ.

Das kurze mhd. ŏ erscheint im N. D.:

1) unverändert als ŏ vor Konsonantenverbindungen, vor einfachem *b*, *m*, *n* und *t* in: klopfen klŏbə, offen ŏfə, oft(e) ŏfd, opfern ŏbərn, otter ŏdər, hoffen hŏfə, kolbe kŏlwə Kolben, koppel kŏbəl, kopf kŏb, gegolten gəgŏlə, gescholten gəšŏlə, rollen rŏl, wolle wŏl, wollen wŏlə, wolken wŏlk Wolke, holt hŏld hold, holder hŏlər Holunder, holz hŏlts, stolz šdolts, stopfen, šdŏbə, tropfen drŏbə und tropfe drŏb Tropf (armseliger Mensch), storch šdŏrç, vort fòrd (fōəd) fort, vorst fŏršd (fōəšd) Forst, vorsken fŏršə (fōəšə) forschen, glotzen glŏtsə, zopf tsŏb, wolf wŏlf, golt gŏld, ob(e) ŏb ob, from frŏm fromm, komen, kŏmə, genomen gənŏmə, doner dŏnər;

2) gedehnt als ō vor einfacher Konsonanz in: klobe klōwe Kloben, obene ōwə oben, obere ōwər ober, obez ōbsd Obst, oven ōwə Ofen, hof hōb Hof, hose hōsə Hose, lop lōb, loben lōwe.

Solche Dehnung kommt übrigens schon seit Ende des 12. Jahrhs. im Mitteldeutschen und Bairischen vor; vgl. Weinhold, Kleine [2]Mhd. Gram. § 21;

3) als ŏa besonders vor *r*, das zur Verbreiterung des *o* vielfach beigetragen hat und dann in der Aussprache meist schwindet oder doch nur ganz schwach zu hören ist, weshalb es auch bei der Wiedergabe der dialektischen Laute im folgenden oft weggelassen ist: wort wŏad, geworden wŏan, verworren fərwoan, ort ŏad Ort, horn hŏan, dorf dŏarf, korn kŏan, morgen mŏarjəd Morgen, morgen (cras) maŏn morgen, verlorn fərlŏan, borgen bŏarjə, sorge sŏarç, gestorben gəšdŏarwə, erworben ərwŏarwə, korp kŏarb, zorn tsŏan, vorn(e) fŏan, dorn dŏan; got gŏad Gott, gestochen gəšdŏacə, brocke brŏakə Brocken, glocke glŏak, loch lŏac, doch dŏac, locke lŏakə Locken, locker (erst früh uhd.) lŏakər, gebrochen gəbrŏacə, gekrochen gəkrŏacə, gerochen gərŏacə, getroffen gədrŏafə, trotz drŏats, kloz klŏats, roc rŏak Rock, rocke rŏakən Rocken, rost (rubigo, aerugo) rŏasd Rost;

Anm. Dehnung findet statt in tor dōar Thor (vgl. aber höbdær Hofthor), bogen bōacə Bogen, betrogen bədrōacə:

4) als *ŭ* in: vorht(e) fŭrçd Furcht, hobel (hovel) hŭwəl (vgl. Kl. E. Wtb.), vogel fŭcəl (fŭeil), strobelen šdrŭwən struwweln (das Haar wirr machen, vgl. Struwwelpeter), orgel (orgene) ŭrçəl (ŭrjəl) Orgel, form(e) (nachklass.) fŭrm Form.

Anm. topf mit der Nebenform tupfen wird dŭbə Topf;

5) als *ĭ* in: bodem bĭrəm Boden und honec (Nebenform hünic) hĭnk Honig (bes. Mus). In dem eine halbe Stunde weit nach NO. gelegenen Dorfe Waldgirmes heisst es hoink und in der Salzunger Mundart huiñk, vgl. Hertel, Die Salz. Mundart § 14 Anm. 1. wo die Ansicht ausgesprochen ist, dass das *i* der Endsilbe ausfiel und nach dem *u* ein neuer *i*-Laut erklang. Das Wetterauische hat für diesen Begriff lĕakmĕrjə Latwerge;

6) als *ĕ* in vor fĕr vor, wo übrigens das im Dialekte ebenso klingende vür fĕr für mit im Spiele ist, gezogen gətsę̆ (nasal) und geflogen gəflę̆; Wetterau: gətsouə und gəflouə oder mit schwachem h vor ə: gətsouhə und gəflouhə;

7) als *æ* in troc dræk Trog und in wol (ahd. wola und älter wëla) wæl wohl, in der Wetterau (um Friedberg) wŭl, weiter nördlich mit Nachklang von ĭ: wuil; vgl. wolveile unter Nr. 8;

8) als *ĕ* in: geboten gəbĕrə, gesoten gəsĕrə, dort (ahd. dorot wohl aus *darot*) dĕrd dort, nhd. dorten, 15. Jhd. dorte, noch oft, besonders wenn alleinstehend, dĕrdə; statt dieses Wortes wird aber viel gebraucht sĕald, ein mhd. sëlbt voraussetzend, mhd. 14. und 15. Jhd. die sëlbten; vgl. Weigand, D. Wtb. II S. 694 und Vilmar, Idiotikon S. 382; vordern fĕrən, wol-veile wĕlwəl wohlfeil (vgl. wol unter Nr. 7);

9) als *ê* in vorderst fêrəšd vorderst.

Anm. In der Wett. (Friedberg) *ŏ* = *uŏ*: huŏle = holen, buŏse Possen, huŏse Hosen; einige Stunden weiter nördlich (Giessen) *ŏ* = *oi*: hoin holen, Goid Gott, hoise Hosen, gesoire gesotten: Fr. v. Trais, „Heimatsklänge aus der Wetterau", hat einigemal wuil (*ŭi*) = wohl; siehe oben 7.

6. ŭ.

Das mhd. kurze *ŭ* klingt

1) wie das *o* im nhd „kommen" vor *w*, *m* und *ks* in: zuber (zober) tsŏwər, tum dŏm dumm, krump krŏm krumm, summen sŏmə, brummen brŏmə, stum šdŏm, lumpe lŏmbə, Humpen (erst nhd.) hŏmbə, rumph rŏmb, sumpf sŏmb, stummel šdŏməl, stumpf šdŏmbiç stumpf, strumpf šdrŏmb, Trumpf (erst nhd. aus frz. triomphe) drŏmb, kumpf (Gefäss) kŏmb und kŏmbə Kumpf, vuhs fŏks Fuchs;

2) vor *l*, *n*, *r* und *s* erscheint das *ŭ* als ein schwer wiederzugebender Laut; es ist ein kurzes *ŏ* (nicht ganz offen) mit vokalischem Nachklang, sei es nun *ə* oder ein ganz kurzes *ă*, beide Laute aber eng in einen verschmolzen; der Laut ähnelt dem des *o* in nhd. Mord, fort, Sorte, nur mag das *o* etwas geschlossener sein; der Laut ist in den folgenden Wörtern durch *ŏə* wiedergegeben: unden ŏənə, runt rŏənd, hunt hŏənd, bunt bŏəndiç bunt, gesunt gəsŏənd, pfunt pŏənd, munt mŏənd, kunde kŏənə Kunde (der bekannt ist), buter bŏədər, vunt fŏənd Fund, lust lŏəsd, brust brŏəsd, durst dŏəšd (*r* schwindet), dunst dŏənsd Dunst, sunst (sust) sŏəsd sonst, burse bŏəš Bursche, kurz kŏəts, sturz šdŏəts, grunt grŏənd, nuz nŏəs, gedult gədŏəld, vurch fŏərç (hier haben *r* und *ch* die Verbreiterung bewirkt) Furche, schult šŏəld, hundert hŏənəd, wunder wŏənər, runzel rŏəntsəl.

Anm. 1. Zu diesem *ŏ* mit dem nachklingenden *ə* oder ganz kurzen *ă* lässt sich vielleicht vergleichen die Entwickelung eines leichten *i* nach *u* vor Zahnlauten in der Salzunger Mundart (duiš Tusch, derwuišd erwischt, Luider Luther) oder das im gleichen Dialekte aus *u* entstandene *oi* vor *nd*, *nsch* und *nz* (boindiç bunt, groind Grund, roind rund, woind wund); vgl. dazu Nr. 7 *ü* zu *oi* vor *ns* und Hertel, Die Salz. Mundart § 16, 2 und 5.

Anm. 2. Das Verhältniswort „auf" lautet im N.D. *öf*; hier scheint die älter neuhochdeutsche und in Mitteldeutschland übliche Form uff zu Grunde zu liegen; vgl. Weigand, D. Wtb. I S. 88;

3) unverändert als *ŭ* vor *c*, *ck*, *h*, *ng*, *nk*, *nc*, *rc*, *rch*, *ʒ* und *b* (*p*): kuckuk (spätmhd.) gŭgŭk, slucken šlugə, klucke glŭk Glucke, gucken gugə, jucken jŭgə, tucken dŭgə ducken (ndd. Anlaut), spucken (erst nhd.) šbŭgə, druc drŭk, luc lŭk Lug, zuc tsŭk, vluc flŭk, vluht flŭed, zuht tsŭed, Wucht (erst nhd. aus dem ndd.) wŭed, Betrug (erst nhd.) bədrŭk, lunge lŭŋ, trunken bədruŋgə, zunge tsŭŋ, vunke (nicht klass., dafür vanke) fŭŋgə Funken, hunger hŭŋər, betwungen bətswŭŋə, gelungen gəlŭŋə, gedrungen gədrŭŋə, tunge dŭŋ Dung (Dünger), runge rŭŋ (Wagen-) Runge, gesungen gəsŭŋə, tunkel dŭŋgəl, gesunken gəsuŋgə, junc jŭŋ, burc bŭrç, vluʒ flŭs Fluss, schup šŭb Schub, durch dŭrç durch, suht sŭed Sucht (Krankheit);

4) als *ē* vor *ld* und *lt* in schuldec šēliç schuldig, gedultec gədēliç geduldig, gulden gēlə Gulden.

Anm. Zu diesen drei Wörtern muss bemerkt werden, dass den mundartlichen jedenfalls mitteldeutsche Formen mit Umlaut zu Grunde liegen (also: schŭldec, gedŭltec und gŭlden); vgl. die dial. Formen zu brücke, gürtel, vülsel u. s. w. Paul sagt in seiner Mhd. Gram. § 40 Anm. 2: „Vielfach unterbleibt der Umlaut des *u*. So durchgängig vor *lt* und *ld*: gedultec, schuldec, guldîn" [auch die Münze bezeichnend]; vgl. auch noch Kluge Et. Wtb. unter „Gulden". — Es könnten freilich auch Formen mit *ö* statt *ü* angesetzt werden, denn Weinh., Kl. Mhd. Gr. § 20 giebt mitteldeutsch gedolt und scholt an, woraus denn gedöltec und schöldec. — Bemerkt sei noch, dass die Formen des Wetterauer Dialektes genau mit denen unserer Mundart übereinstimmen;

5) als *ĭ* in der Endung *unge* der Hauptwörter, z. B. ordenunge ŏădnĭŋ Ordnung, rëchenunge rĕăcnĭŋ Rechnung u. a. m.; in unter (under) ĭnər unter (vielleicht Angleichung an hinter (hinder), vruht frĭçd Frucht; so auch in der Wetterau. Jedenfalls aber ist frĭçd als Mehrzahl anzusehen, wodurch sich sein Vokal erklärt; man bezeichnet mit frĭçd sowohl das noch auf dem Halm im Felde stehende Getreide

als auch das ausgedroschene; das Wort „Getreide" selbst wird nicht gebraucht, wenn es auch sehr wohl bekannt ist;

6) gedehnt als *ū̆* in du dū du, aber auch schon mhd. dû; in der Wetterau heisst es dou, das aus der mundartlichen mhd. Nebenform duo zu erklären ist; siehe *uo*.

7) als *ĕa͡* (als ob ĭ vorliege) in unde (und unt) ĕa͡n und; man möchte an Einwirkung von in ĕa͡n denken:

8) als *oi* und zwar nasaliert nur in uns o̜is uns und unser o̜isər unser; vgl. hierzu die oben gemachte Hindeutung auf Hertel, D. Salz. Mundart § 16, 5. Bemerkt sei noch, dass die Vorsilbe *un* stets nasaliert wird aber dabei den Vokal rein bewahrt, wenn auch zuweilen gedehnt: ŭ̜, ū̜.

Anm. Wetterauisch: puond, luosd, huond, ruond, huonə(r)d, gəfuonə, kuonə Kunde — *u* und *o* sind beide kurz und klingen zusammen.

7. ŏ.

Seit dem 12. Jhdt. neigt das *o* zum Umlaut *ö*, der jedoch im Mitteldeutschen seltener auftritt. Ohne Umlaut erscheinen im Mhd. (wenn auch nicht ausschliesslich) hove, vogele, frosche, wolve; der Dialekt freilich setzt zuweilen den Umlaut voraus.

Mhd. *ŏ* erscheint nun:

1) als *ĕ̆* vor *r* und *ck* in: dörfer dĕrfər, örter ĕrdər, wörtelîn wĕrdçə Wörtchen, böcke bĕk, stöcke šdĕk, löckel lĕkəlçə Löck(el)chen, brĕkəlçə Bröckchen;

2) als *ê* in könde kênd könnte, möhte mêçd möchte, hölzelîn hêltsçə Hölzchen, tröpfelîn drêbçə Tröpfchen, göter (gote ist die eigentl. Form der Mehrzahl) gêdər, götelîch gêdliç, wölve (eigentl. Mz. wolve) wêlf;

3) als *ĭ* vor *ch* und *g* in löcher lĭçər, jöcher (Mz. v. joch) jĭçər, vögel (statt vogele) fĭçəl und fĭçĭl; letzteres lautet im Wetterauer Dialekt fīl, von Dialektdichtern geschrieben „Vihl"; hier ist eine Mittelform fĭjəl (*g* zu *j* erweicht) anzusetzen, in der dann *j* mit *ĭ* zu *ī* verschmolz. Man könnte vielleicht nach der dial. Einzahl fūcəl die Mz. vügel ansetzen (vgl. gevügele), wenn nicht das Mitteldeutsche dem *ü* abgeneigt wäre; vgl. Weinh. Kl. Mhd. Gr. § 25. Übrigens scheint im Munde des Wetterauers auch das *j* zuweilen noch mit-

zuklingen, also: fîjl; ähnlich ist es mit ziegel tsîl und tsîjl Ziegel;

4) als ē in öl(e) ēl Öl, ölen ēn (wo l schwindet) ölen, frösche (eigentl. Mz. frosche) frēš (frę̄š), löbelîch lēbliç, höve (eigentl. Mz. hove, noch nhd. -hofen in Eigennamen) hēb Höfe.

In Ortsnamen bleibt ō: Dourə(h)ōwə Dutenhofen.

8. ü.

Wie das kurze mhd. o vielfach mit kurzem u in Beziehung steht, so berührt sich ü natürlich nicht selten mit dem eben behandelten ö.

Mhd. ü erscheint in unserer Mundart:

1) als ĭ in: übel ĭwəl, brügel brĭçəl und brĭçil Prügel, zügel tsĭçəl, kümel kĭməl, bekümbern bəkĭmərn, dünne dĭn, vrühten frĭçdə fruchten (= nützen), sünde sĭn, küche kĭç, sprüche šbrĭç, brüche brĭç, tühtic dĭçdĭç, hübel hĭwəl, hübesch hĭbš, lüge lĭç; frĭçd (Mz. von vruht) = Getreide, das die Mundart nicht kennt; s. o. ŭ 4);

2) als ē in: brücke brēk, drücken drēkə, g(e)lücke glēk, mücke mēk, pflücken blēkə, vlücke flēk flügge (udd. Lautform statt flücke), rücke rēk, stücke šdēk, vüllen fēlə füllen, vüle fēl Füllen (Fohlen), vülsel fēlsəl Füllsel, knüpfen knēbə, hütte hēd, stürzen šdērzə (vgl. ü als ō), stürmen šdērmə, bürge bērjə, bürste bēršd (daneben dial. būšd — vgl. mhd. borst und ahd. burst Borste, wovon Bürste abgeleitet ist), gürtel gērdəl, schüʒʒel šēsəl, schüt(t)en šērə, güʒʒe gēs gösse (Konj.), vlüʒʒec flēsiç flüssig, slüʒʒel šlēsəl, fürste fēəšd, rüsten rēsdə, üppec ēbiç üppig, nützelich nētsliç nützlich und = niedlich, kürze kērts, gewürme gəwērm, küssen kēsə Kissen, kützeln kētsən kitzeln, rütschen (auch rutschen, beide spätmhd.) rēdšə; also ist rütschen die üblichere Form gewesen, wogegen jetzt allgemein „rutschen“ gebraucht wird;

3) als ī vor r, das die Dehnung bewirkt, in: spürn šbīən spüren und tür dīr Thür;

4) als ō zuweilen in stürzen šdoətsə stürzen, wo freilich sturzen angesetzt werden kann und ebenso in dürre (durre) dōr dürr; vgl. mhd. und nhd. dorren;

5) als *ēā* (ein *ī* statt *ū* voraussetzend) in über ēāwər, dar über drēāwər, überic ēāwəriç;

6) als *ēā* in pfülwe pēāl (eigentlich ein pfēlwe oder vielleicht auch pfilwe voraussetzend) Pfühl, Weigand D. W. II. 344 erwähnt eine Wetterauer Form Pilf;

7) als *ē* in mül(e) mēl Mühle (wetterauisch mīl) und künig kēniç König. Von mēl heisst der mundartliche Plural mēn; Weig. setzt ein mhd. m ü l i n e nach dem Pl. mülinen voraus, und aus diesem mag sich wohl das gedehnte *ē* erklären. Er erwähnt auch noch wetterauisch Minn aus einer abgeschwächten Form müllen (?), die er aber selbst nicht belegen kann. Bei kēniç ist eine Form des 15. Jahrhs. „konig" (auch früh md.), unterstützt durch den Umlaut des *o*, im Spiele.

B. Lange Vokale: *â ê î ô û æ œ iu.*

1. Â.

Weinhold (Kl. Mhd. Gr. § 27) sagt: „In der gemeinen Umgangssprache neigte man sich, namentlich im Bairischen, Elsässischen und Mitteldeutschen, zur unreinen, dunkeln Aussprache des *â*, so dass es mit *ô* bezeichnet ward, z. B. blô, wô, getôn u. s. w.

Die Verdumpfung schritt sogar später im Md. bis *u* hinab, z. B. wu u. s. w." Hierfür bietet nun unser Dialekt zahlreiche Belege.

Es erscheint nämlich das lange *â* in den meisten Fällen:

1) als *ō*: jâr jōr, hâr hōr, vâre gəfōr Gefahr, klâr klōr, wâr wōr wahr, dâr (dâ) dō da, sâme sōmə Same, brâten brōrə, jâmer jōmer Jammer, nâch nōc nach, nâch nō nah, krâm krōm Kram, nâchgebûr nōcbər Nachbar, sprâche šbrōc, vrâgen frōcə, strâm šdrōm Strom, schâf šōf, slâf šlōf, dâhte dōcd, brâhte brōcd, slân (für slahen) šlǭ schlagen, blâ blō blau, getân gədǭ, grâ grō grau, strâfe šdrōf, tâht dōcd Docht (selten gebräuchlich, dafür meist wīç von mhd. wieche Wicke und Wieche), âder ōrər, spân šbǭ, swâger šwōcər, klâwe

(klâ) klō(ə) Klaue, âl ōl, âbend ōwəd, âne ōnə ohne, mâne mō̜ Mond.

Anm. Vor *n*-Lauten, *l* und *r* hat das *ō* im Dialekt einen leisen vokalischen Nachklang, etwa *ə*, also *ōə*, z. B.: strâze śdrōəs, blâsen blōəse, âs ōəs, mâl mōəl Mahl und Mal, mâlen mōəle malen, strâl(e) śdrōəl, nâdel (nâlde) nōəl, rât rōəd Rat mit den Zsmstzgn. fōrōəd Vorrat, hausrōəd und ūrōəd Unrat. sât sōəd, drât drōəd unvlât ū̜flōəd. Eine Verkürzung des *o* ist eingetreten in lâȥen lōəse lassen (wohl infolge des häufigen Gebrauchs dieses Wortes);

2) als *ōā*, wo eine Form mit kurzem *a* eingewirkt hat, in: gâben (gap) gōāwə gaben, sâhen (sach) sōāə sahen, jâ (für jă) jōā ja, salât səlōād, Thaler (erst nhd. aus Joachimsthaler) dōālər, tât dōād That. Ebenso in Lehnwörtern bōārōād parat, dūgōādə Dukaten, kănōāl Kanal, āfəgōād Advokat, sōldōād Soldat, śdōād Staat (aus lat. status), kăndĭdōād Kandidat, karmənōād Karbonade, dēśbərōād desperat (verzweifelt), sălfəlōādwūśd Cervelatwurst, dēbədōād Deputat (was einem als Anteil zukommt).

Anm. 1. Das mhd. zagel zâl (vgl. Rübezahl) erscheint nur noch in dem Flurnamen ŏsetsāl Ochsenzahl, hat also sein *ā* rein bewahrt wie nāl Nagel.

Anm. 2. Aus der oben vorausgeschickten Bemerkung Weinholds (Kl. Mhd. Gr. § 27) erklärt sich der Infin. hū̜ haben, wo also anzusetzen ist hân hôn hûn, letzteres dann in der Mundart nasaliert. Die Nasalierung hat aber nicht statt in der 1. Ps. Ez. Präs. Ind. sowie in der 1. und 3. Ps. Mz. dieser Zeitform; der Indik. Präs. lautet nämlich: aiç hūn, du hōəsd, hī hōəd, mir hūn, ir hōəd, sæī hūn.

Anm. 3. wâ (für älteres wâr) erscheint im Mitteldeutschen als wô und in unserer Mundart demgemäss als wū, wo. In der Wett. *â* *uo*: juor, feruore, uone, bluose, muoe, bruore Braten, uorem Atem („Odem" ist dialektisch).

2. ê.

1) Unverändert als *ē* in: ê (êwe) ē (in Zsstzgn, ēə) Ehe, trêne (spätmhd. z. Sgl. trahen (trân) drēn Thräne, êre ēr, sêr(e) sēr sehr, sêle sēl, lêre lērn, kêren kērn (kēən) kehren = wendən, vêlen fēlə fehlen, hêle (md. für mhd. hæle) hēl Hehl (Verheimlichung);

2) als *ī* in: rêch rī Reh, mê(r) mī̜ mehr, wê wī weh, stên śdī̜ stehen, gên gī̜ gehen, klê klī Klee, sê sī See, zwêne tswī̜ zween, mêrste mīəśd mehrst (meist);

3) als ĭ in: zêhe tsĭç Zehe wênec (weinec) wĭnk wenig;

4) als ē in: êrst ērăd erst und als ĕ in hêr-schaft hĕr-šɪfd Herrschaft;

5) als æi in: snê (ahd. snêo) šnæi Schnee, vielleicht angeglichen an das Ztw. šnæiə von snîen; dann noch in ôwê ôwî) ŏwæi oh weh, wo vielleicht eine Form ôwie anzusetzen ist. Vgl. übrigens Weinh. Kl. Mhd. Gr. § 28: ê zu ie diphthongisiert.

Anm. Sense lautet im Nhm. Dial. sęs, das weder aus sênse noch aus sëgense, sondern aus der kontrahierten Form seinse entstanden sein kann.

3. î.

Das lange mhd. î, das sich seit dem 12. Jhdt. im Bairischen allmählich zu ei diphthongisiert, erscheint, wie im Nhd., so auch im Nhm. Dial.:

1) in den meisten Wörtern als ai (nhd. ei): wîȝ wais weiss, wîse wais Weise, wîn waį Wein, lîden lairə leiden, strît šdraid Streit, zît tsaid Zeit, wît waid weit, bewîsen bəwaisə beweisen, wîde (salix) wair Weidẹ, wîwer waiər Weiher, blî blai Blei, blîben blaiwə bleiben, rîfe raif Reif (gefrorener Tau), rîfe raif reif, rîs rais Reis (der Reis und das Reis), rîȝen raisə reissen, tîch daiç Teich, zîle tsail Zeile, nît naid Neid, mîden mairə meiden, mîn mąi, dîn dąi, sîn sąi, schrî (selten) dafür schrei, deshalb in d. Mundart šrā Schrei (vgl. ei -ā), schrîben šraiwə schreiben, swîgen šwaiə schweigen, kîl kail Keil — diese Beispiele mögen genügen; ihre Zahl ist sehr gross.

Eine Ausnahme macht hîrat hoirōad Heirat (vgl. dazu Kluge, Et. Wtb. „Heirat").

Anm. Vor ch wird das ai ganz kurz (oder scharf abgestossen) gesprochen, z. B. bîht băiçd Beichte, lîht(e) lăiçd leicht, lîch(e) lăiç Leiche, rîche răiç reich, strîchet šdrăiçd streicht, vil lîhte fılăiçd vielleicht, gelîh glăiç gleich;

2) als ĭ in dîhte (dialektisch deicht) dĭçd dicht (vgl. Kluge Et. Wtb.) und Leichdorn (v. lîch(e), also „Dorn im Körper") = lĭçdōăn;

3) ganz gekürzt zu ə in hôch(ge)zît hōctsəd Hochzeit;

wetterauisch: hüctsəd, um Marburg hösiç. Entstellt ist mhd. vîol älter vîol zu fäljūl oder fäjūl, wo also der Accent nach der zweiten Silbe gerückt ist; in der Wetterau die Mehrzahl „Veijouhn" (faijoŭn); vgl. Friedr. v. Trais, Heimatsklänge aus der Wetterau S. 43. Über anîwen und ôwî siehe ê.

4. ô.

Hier ist zu vergleichen der oben unter B. 1 â angeführte § 27 der Kl. Mhd. Gr. von Weinhold (â : ô : û).

Demgemäss erscheint im Nhm. Dialekt in den meisten Fällen das mhd. ô:

1) als ū: nôt nūd, lôt lūd, rôt rūd, tôt dūd, lôȝ lūs Los, lôs lūs los, brot brūd, grôȝ grūs, schôȝ šūs, vlôȝ flūs Floss, blôȝ blūs, rôse rūs, lô (lôwes) lū (Gerber-) Lohe, lįçdərlū (vgl. Kluge Et. Wtb. 1 Lohe) lichterloh, klôster klūsdər, bône būn, hôch hūk, lôn lų, ôr(e) ūr Ohr, schônen šūnə, bôt (Prät.) būd und būr bot, vrô frū, strô šdrū, trôst drūsd, pfôte (zwar nicht belegt, aber sicher anzusetzen) pūd Pfote (vgl. Kluge Et. Wtb.), mitteld. wô wū wo (vgl. oben â); auch in Lehnwörtern: Sauce sūs und Dose (ndl. doos) dūs;

2) als kurzes ŭ in: vlôch flŭk flog und zôch tsŭk zog, wohl unter Einwirkung von Mz.-Formen wie zugen; bôsheit būsəd;

3) als ŏ (kurz und ganz offen, fast oa) in: slôȝ (sloȝ) šlŏs (šloas) Schloss, in den Präteritis der 2. (resp. 3.) ablautenden Verbalklasse: flôȝ floas floss, gôȝ goas goss, slôȝ šloas schloss, schôȝ šoas, krôch kroac kroch, rôch roac roch; auch hier müssen Formen mit ŏ wie die der Partizipien eingewirkt haben; lôrber lŏrbēr Lorbeer;

4) als ō in sô sō so, zwô tswō zwo, strôm und strômer šdrōm und šdrōmər, wo freilich auch â im Mhd. angesetzt werden kann;

5) als æ in den Endungen der Ortsnamen auf -rôd (mitteldeutsch rod und niederdeutsch rad) Gīndəræd Güntherod, Bŭwəræd Bubenrod; in der ersten Silbe verkürzt zu ĕ in Rĕrəm = Rodheim.

5. û.

Es erscheint, wie im Nhd.:

1) als *au*: bûch bauc Bauch, rûm raum Raum, rûch rau rauh, schûvel šaufəl Schaufel, slûch šlauc Schlauch, slû (erst früh nhd. nach dem Ndd.) šlau schlau, gebûr bauər Bauer, bû bau Bau, bûwen bauə bauen, kûwen kauə kauen, lûne launə Laune, lûs laus Laus, lûschen laušə lauschen, lût lau (*t* schwindet) laut, trûre drauər Trauer, Uhr (erst nhd. nach d. Ndd. ûr) auər (u. so auch in der Wetterau), brûchen braucə (doch meist brăcə) brauchen, hûs haus Haus, hût haud Haut, hûste hausdə Hauste (Getreidehaufen auf dem Felde), stûde šdaud (Mz. šdaurə) Staude; diese Beispiele mögen genügen.

Auch Wörter, die erst im Nhd. auftreten, werden ebenso behandelt: Knauser knausər, Schnauze šnauts, staunen šdaunə; md. tûsig statt tûsent dausiç tausend.

Erwähnt sei noch gûl gaul Gaul; das Wort „Pferd" ist der dialektischen Umgangssprache fremd, doch erscheint es in pätshōən Pferdehaare und in den Flurnamen pätswär Pferdeweide und pätshăls Pferdeholz (?). Kaute: 1. = zusammengedrehter Flachsbüschel, 2. = Bodenvertiefung, lautet beide Male kaud (mitteld. 1. kawte d. i. kûte? und mhd. 2. = kûte).

2) als *ă* in schûm šăm Schaum, kûme kăm kaum; hûfe (neben houfe) hăfə (zuweilen nasaliert hą̆fə) Haufe, brûchen brăcə brauchen, stûche šdăcə Stauche = gestrickte Manschette (= Pulswärmer); könnte man bei schûm und kûme wie bei hûfe auch eine Form mit *ou* statt *û* ansetzen, so wäre dieses *ou* regelrecht zu *â* und dieses dann zu *ă* geworden;

3) als *ĕ* vor *b* resp. *w* in: tûbe dĕb Taube, trûbe drĕwəl (drĕb?) Traube(l); vgl. Pfister, Nachträge S. 299, — geschlossen und kurz ist das *e* vor *m* in dûme dēme Daumen, pflûme brēm Pflaume; zu „Pflaume" vgl. Kluge, Et. Wtb.; die dial. Umgangssprache hat „Braum(e)".

Anm. 1. Über dû (du) siehe ū, desgleichen über ûf (uf ouf).

Anm. 2. Das nhd. Lehnwort „Rekrut (*ū*) verkürzt sein *ū* im Dialekt: rekrŭd.

Anm. 3. Spätmhd. lûren (nhd. lauern) ist dialektisch entweder lauə(r)n oder luə(r)n; dieses letztere giebt schon Weigand, D. Wtb. I. 1065 als wetterauisch an.

6. æ.

Der Umlaut von â wurde im Mitteldeutschen geschlossener gesprochen als im Oberdeutschen und daher auch schon durch ê wiedergegeben; vgl. Whd. Kl. Mhd. Gr. § 26.

Er erscheint in unserer Mundart durchgängig als ē: swære šwēr, wære wēr wäre, kæse kēs, gæbe gēb, næme nēm kæme kēm, genædec gnēriç, tæte dēd, træge drēç, zæhe tsē, bræche brēç, mæjen mēə nähen, dræjen drēə drehen, wæjen wēə wehen, sæjen (sæn) sēə säen; vgl. zu diesen 4 letzten Paul, Mhd. Gr. § 34 und Anm., ausserdem noch die Wetterauer Formen mēwə, drēwə, sēwə; dass in „wehen“ das w in d. Wett. Mdt. nicht erscheint, erklärt sich aus dem Anlaut, — man sucht das doppelte w zu vermeiden; — sælec sēliç, genæme ǭgənēm angenehm; jæmerlîche jēmərliç (Ausnahme, siehe oben jâmer unter â und vgl. Weigand, D. Wtb. I. 867, wo die von Luther gebrauchte Form „jemerlich“ angeführt wird). Nicht hierher gehört der Ausruf: hēr jēməliç = hēr jēdəd, beide für „Herr Jesus“ — vgl. Jemine und in andern Sprachen (span. frz. engl.): par diobre, parbleu, Egad = O God, Lud = Lord u. a. m. Näheres hierüber bei Andresen, Über deutsche Volksetymologie, V. Aufl. S. 374 ff.; grævinne grēfin, stæle šdēl stähle, gæhe (= gâch) gē jäh, d. i. steil (steil ist der Mundart fremd; spätmhd. steil und steigel); jæric jēriç, lære lēriç (unter Anlehnung an lēdic, vgl. Weig. D. Wtb. I. 1077) leer, mæʒec mēsiç, bequæme bəkwēm, spæne šbę̄, træfe drēf, stælen šdēlə stählen (Stahl), versmæhen fəršmēə, schære šēr Scheere, gespræche gəšbrēç, hæle hēl Hehl (siehe die md. Form hêle unter ê), dæhte dēçd dächte, bræhte brēçd brächte.

7. œ.

Der Umlaut von ô erscheint als ī:

1) bœse bīs, blœde blīr, grœʒe grīs, lœsen līsə, gedœze gədīs, schœne šī, vlœhe (vlô(h)) flī Flöhe, klœʒe klis Klösse

(hier ist das ī auch in die Ez. gedrungen und es heisst ən klīs statt klūs, wie es eigentlich lauten müsste), nœtig niriç, rœter rīrər röter, trœsten drīsdə, vlœzen flīsə flössen, hœher hīçər höher, hœhste hīksd höchste, hœhe hī Höhe, lœten līre, tœten dīrə, blœȥe blīs Blösse, blœȥlîche blīsliç (im Sinne von) nur (blösslich), aber oft noch verstärkt durch vorgesetztes **nur**; (mōrhe mīr Möhre);

2) als ĭ (verkürzt) in: grœȥer grīsər grösser, grœȥest grīsd grösst(e), stœȥest šdīsd stössest, stœȥet šdīsd stösst; erwähnt sei auch hier das freilich schon oben gebrachte fīçəl Vögel.

Anm. hœren wird zu hü(r)n (früher und mehr ndd. nach Weig. hôren;) aber „hören" im Sinne von gehorchen = heān (hêrn); ebenso: gəheān = gehören, aber gəhēr = Gehör; stœren (md. stôren), šdērn stören (geśdōəd); „möglich" siehe unter ü (müg(e)lich).

„Gewöhnen" mag auch hier eine Stelle finden (vgl. Weig. I. 687 f. und Kluge Et. Wtb. „gewöhnen"); es heisst im N. Dialekt gəwīn gəwīd, aber gəwēnəd Gewohnheit; zuweilen hört man auch gəwūn und gəwūd gewohnen, gewohnt.

8. iu.

iu, die Steigerung des Grundvokals *u*, erscheint:

1) wie im Nhd. als *oi* (eu) in: diuten doirə, diutsch doitš, riuse rois Reuse (Art Fischnetz), riuwe roi Reue, liute loi Leute, liuten loirə läuten, niun noį neun, schiuhe šoi Scheu, sliunec šloiniç schleunig, triuwe droi, tiure doiər, tiuvel doiwəl, ziuc tsoiç Zeug, kriuz(e) kroits, biutel boil (kontrahiert), biute boid 1. Backtrog, 2. Kriegsgewinn: Mz.formen (äu): hiuser hoisər, kriuter kroidər, liuse lois Läuse, miuse mois Mäuse, — iule (iuwel) oil Eule, umbe-ziunen ĭmtsoinə umzäumen, fliuget floid fliegt, viusteline foisdliŋ Fäustling, diuhte (Konj. zu dûhte) doiçd, liuhten loiçdə leuchten, viuhte foiçd feucht; das *oi* in den 3 letzten Worten (also vor *ch*) wird kürzer gesprochen als das in den übrigen; vgl. oben *î* zu *ei* (*ai*): lihte = laĭçd u. s. w., wo sich dieselbe Wirkung zeigt;

2) als *au* in: niuwe (mitteld. nûwe) nau neu, Komp. und Sup. nauər nausd, hiute (mitteld. hûte) hau heute, iuwer

(md. ûwer und ûr) auər euer, iuch auc (so stets in d. Wett., aber im N. D. meist gekürzt in uc euch); nach dem Verhältniswort stets ac statt ùc (iuch), z. B. mēd ăc, fǭ ăc, bai ăc u. s. w.; viur (md. vûr) fauər Feuer, schiure (spätmitteld. schûr) šauər Scheuer (= Scheune), siuwe und siu (Mz.v. sû) sau.

II. DIPHTHONGE.

1. ei.

ei, die höchste Steigerung des *i*, erscheint:

1) als *ā*: weide wār Weide (Ort zum Weiden), beide (iu) bārə und bōrə, heiden (Zigeuner) hārə, scheide šār, scheiden šārə, kleit klād, leit lād Leid, breit brād, bereit(e) bərād bereit (dafür meist bŏarōad = parat), heilen hālə, heiȝ hās, heiȝen hāsə heissen, reise rās Reise, veil(e) fāl feil, teil dāl, meinen mānə (etwas nasaliert), stein šdą̄, heim hām (ns.), meiȝel māsəl, meister mą̄sdər, meist mą̄sd, klein klą̄, rein (Ackergrenze) rą̄ Rain, leiten lārə leiten, leiter lādər Leiter (z. Steigen), reif rāf Reif (Ring), eit ād Eid, meineit mānād, eidem āre Eidam (auch dŏaedərmàn und šwījersą̄), kein ką̄, bein bą̄, leist lāsd Leisten, geiȝ gāsd (mit angefügtem d) Geiss, geleis glās Gleis, leite-seil lādsāl Leitseil, weitze wās Weizen, ich weiȝ āiç wās, sweiȝ šwās, geisel gāsəl Geissel (seltener gebraucht bāts Peitsche), gesmeiȝe gəšmās Geschmeiss; in d. Wetterau oft: wāⁱs, šwāⁱs, gāⁱsəl, gəšmāⁱs (also vor *s* mit leise nachklingendem *i*); seite są̄d (nasaliert) Saite, nein ną̄, einzel ą̄tsəl einzeln und einzelinc ą̄tsəlig einzeling (Weig.), meit (aus maget) mād Magd, schrei šrā;

2) als *ā* mit nachklingendem *ⁱ* in *ei* āⁱ Ei, und vor *ch* oder *g*: leich lāⁱç Laich, eiche āⁱç, eichel āⁱçəl, eigen āⁱjə eigen, weich wāⁱç, teic dāⁱk Teig, bleich blāⁱç, reichen rāⁱçə, speiche šbāⁱç Speiche, reiger (fēš)rāⁱçər Fischreiher;

3) als *æ* in meise mæsə (doch nur in mæsəkŏarb (zum

Fangen der Meise), der Vogel selbst heisst stets mæsçə (also die Verkleinerungsform);

4) geschlossen (d. h. ē) vor *m* in: eimber (aus ein-ber) ēmər Eimer.

Meist *æ* in leip læb Laib, doch zuweilen auch lāb brūd Laib Brod; gleich oft hört man flāš und flæš Fleisch; endlich noch sleifen šlæfə und seltener šlāfə schleifen (am Boden hinziehen); Htw. šlæf (šlāf) Gerät zum Fortschaffen des Pfluges und der Egge.

Als „mot savant": geist gaisd Geist, das also seine nhd. Aussprache behält.

Die Endung heit ist hād in fraihād, dŏmhad, frēachād, kēandhād, šwac-hād, fōlhād, šįhād (Schönheit), faulhād, rōhād, mērhād, grōbhād, gewandhād, aber = əd in būsəd Bosheit, gəwēnəd Gewohnheit, wōrəd Wahrheit, kraggəd, Krankheit.

2. ou.

Ou, die höchste Steigerung von *u*, erscheint.

1) als ā in boum bām, troum drām zoum tsām, vrouwe (vrou) frā, ouwe in dem Flurnamen Nêrərā = Nieder-Aue, houbet hābd (nur in Zsszgn. wie hābd-sāc Haupt-Sache), koufen kāfe, loufen lāfə, toufen dāfə, tou dā Tau, gelouben glāwə, loup lāb, roup rāb, roufe rāf Raufe (Futterleiter), rouch rāc Rauch, stoup šdāb Staub, erlouben ərlāwə, stroufen sdrāfə (abstreifen) louch lāc Lauch, louge lācə Lauge, troufe (dāc)-drāb (beachte das b) Dachtraufe, nouwe (genouwe) gənā genau, houwen hācə (beachte c) hauen; über den hervortretenden Kehllaut vgl. Kluge, Et. Wtb. und Weig., D. Wtb. I. 772.

Anm. 1. Mitteld. houfe (neben mhd. hûfe) wird zu hąfe (also *a* kurz und nasaliert), Haufe, in der Wetterau wohl weniger nasal, aber doch nicht ganz rein — vgl. Weig. I. 773, der freilich „Haffe" schreibt. Vgl. noch Paul Mhd. Gr. § 40. Anm. 3.

Anm. 2. soum ist sēm geworden, also Umlaut (ōu); vgl. ōu unter 4).

3. öu.

Im Mhd. ist bei *ou* vor ursprünglichem *i* oder *j* der Endung der Umlaut nicht völlig durchgedrungen, und so zeigt sich auch im Dialekt vielfaches Schwanken. Es erscheint *öu*

1) als *oi* in: röuber roiwər, röuchen roiçərn räuchern, stöuben šdoiwə, stöubelîn šdoibçə, vröuwen froiə freuen („Freude“ siehe weiter unten unter 3), betouben (öu) bədoiwə, geloubec (öu) gloiwiç:

2) als *ā* (wo freilich die nicht umgelautete mhd. Form anzusetzen ist) in: ströuwen (ströun und strouwen) šdrāə streuen, höu (hou(we)) hā Heu:

3) als *æ* in vröude frær Freude (wetterauisch aber stets „fräd“), köufel kæfər Käufer, löufel læfər Läufer, löufec læfiç läufig;

4) als *ē* vor *m* in: böume bēm Bäume, tröume: (meist mit der Vorsilbe gə) gədrēm Träume, troumen (tröumen) drēmə, söumen (?) sēmə säumen.

Anm. 1. Aiç kāfə du kæfəd hį kæfd, mir kāfə u. s. w.
„ lāfə du læfəd ebenso.
„ dāfə du dāfəd ə dāfd (stets ā).
„ sēmə und aiç drēmə (stets ē).

Anm. 2. Erwähnt sei hier noch das von *öu* zu unterscheidende *oi*, das nur in Lehnwörtern aus dem Frz. vorkommt; es findet sich z. B. in floite vloite und wird ē: flēd Flöte.

4. ie. (iu : io : ie.)

ie erscheint meist als *æ* mit nachklingendem *i*, hier mit *æi* wiedergegeben:

1) *æi* in giezen gæisə, fliezen flæisə, niesen næisə, sliezen šlæisə, hiezen hæisə, wie wæi, dienen dæinə (und nen kontrahiert zu *n*: dæin), diep dæib Dieb, sliefen šlæifə, ziehen tsæiə, tief dæif, stief- (in Zsszn.) šdæif Stief-, stier šdæir Stier, tier dæir (oder auch dæiər), vier fæiər, hier (hie) hæi, bier bæiər, riet ræid Ried(gras), Riester (Fleck Leder zum Schuhflicken) ræisdər; hier setzen also auch unser Dialekt und das Wetterauische „echten Diphthong gleich got. iu“ voraus, wie

das Schweizerische; vgl. Kluge Et. Wtb. „Riester“; riester ræisdər (und meist ræisdərbrēnd) Riester(bret) = Streichbret am Pfluge, vgl. Kluge Et. Wtb. „reuten“; lief læif, rief ræif niet næid Niet (breitgeschlagener Nagel), nier(e) næiər Niere, verliesen fərlæisə verlieren, bieten bæirə bieten, niet (eine Nebenform v. niht, die schon bei Notker und Williram vorkommt) næid nicht; so heisst es freilich nur im Munde der älteren Leute des Dorfes und so auch in der ganzen Wetterau; meistens hört man jedoch im N. D. nēnd von der verkürzten Form nit; siehe ǐ; æiwəs in der Bedeutung „einigermassen“ oder „irgendwie“ setzt ein mhd. *iebes* voraus; doch vgl. Vilmar, Idiotikon S. 182 und Pfister, Nachträge S. 115;

2) als ǐ vor *g*, *c*, *h*, *ch* in: ziegel tsǐçəl, spiegel šbǐçəl, fliege flǐc, wiege (woneben wige) wǐç Wiege, kriec(g) krǐk Krieg, kriechen krǐçə, zieche tsǐç Zieche (Kissenüberzug und Sack), siech nur in sǐçhōb Siechhof (ein ehemaliges Krankenhaus), licht lǐçd Licht;

3) als ī in liet līd Lied; in der Wetterau dagegen stets læid, wie es auch in unserem Dialekt heissen sollte; kriegen krījə und meist krīə kriegen = bekommen; hier mag *g j* die Dehnung bewirkt haben; wetterauisch kræiə.

Anm. Als ē nur in ietze ētə (und ētsəd) jetzt und in gienc gēŋ ging; dagegen heisst es von fienc fǐŋ, während in der Wetterau beide Formen gleich behandelt sind und gōŋ und fōŋ lauten.

Spätmhd. papier wird băbáiər.

5. uo.

Der Diphthong *uo* wurde seit dem XII. Jahrh. im Mitteldeutschen unterdrückt und durch *û* ersetzt; dieses *û* wird dann in der N. Mdt. von neuem zu *ou* diphthongisiert, und es erscheint somit mhd. *uo*:

1) als *ou* in vluot floud, bluot bloud Blut und Blüte, muot moud, guot goud, tuon dǫu, tuot doud, huot houd, ruote roud Rute, gluot gloud, huoste housdə, zuo tsou, ruowe rou Ruhe, kuo kou, luoder lourər, bruoder brourər, vuoder fourər Fuder, vuoter fourər Futter, stuot šdoud Stute, huore hour Hure, vuore four Fuhre, vuoȝ fous, muos mous Mus (d. h.

alle Gemüsearten im Dial.), bruot broud Brut, huon hoų Huhn, muoter mourər das Weibchen oder weibliche Tier (bes. bei Katzen), snuor šnour, spuole šboul, fuor four fuhr, luot loud lud, wuoste wousd Wust, wuot woud Wut; ausserdem noch šou Schuhe (Mz.); die Ez. heisst: šūc;

2) als *ū* in Wörtern, die mitteld. an Stelle von *uo û* haben: schuole (md. schûle) šūl, huof (md. hûf) hūf, ruoder (md. rûder) rūdər, ruom (md. rûm) rūm Ruhm, gruoȥ (md. grûȥ) grūs Gruss;

3) als *ŭ* vor *b*, *f*, *w* und besonders vor *c* und *ch*: buobe bŭb Bube ruofen rŭfə, uover ŭwər Ufer (ein md. ndd. Wort), kruoc krŭk, pfluoc blŭk, truoc drŭc trug, sluoc slŭc schlug, suochen sŭcə, kuoche kŭcə Kuchen, buoch bŭc, schuoch šŭc, vluoch flŭc Fluch, tuoch dŭc Tuch.

Die unter 2. und 3. aufgeführten Wörter sind im Wetterauischen alle dem Diphthongisierungsgesetze (d. h. *uo* zu *ou*) gefolgt; es heisst also da: bouc, šouc, douc, koucə, floucə, soucə, boub, šoul;

4) als *ǒ* in bluome blŏm, gruonmât grǒməd Grummet; mit leise nachklingendem *ə* in muoter mǒədər Mutter (vgl. oben unter 1. mourər);

Anm. Das mhd. pfuol, mitteld. pfûl, erscheint 1. als poul = stehendes Wasser, 2. als pil (wetterauisch und auch im N. D. zuweilen pül) = Jauche; verhochdeutscht hört man zuweilen pūdəl; vgl. Kluge Et. Wtb. u. Weig. D. W. Das Wort „Jauche“, als slavischer Eindringling und dem Mhd fremd, ist natürlich dem Dialekt ganz unbekannt.

6. üe.

Der seit dem 12. Jahrh. vor *i* oder *j* der Endung auftretende Umlaut des *uo* erscheint:

1) als *oi* in: üeben oiwə, vüelen foin fühlen, vüeren foiərn führen, rüeren roiərn, küel(e) koil, küen(e) kọi, grüene grọi, rüebe (ruobe) roib, wüelen woin, müede moi, trüebe droib, wüeste woisd, snüeren šnoiərn, vüeȥe fois, hüeten hoirə, stüende šdoin stünde, brüeder broirər, süeȥe sois, müeȥen moisə, vüetern foirə(r)n füttern; auch *üeje* wird *oi*: vrüeje froi früh, brüeje broi Brühe, müeje moi Mühe, küeje koi Kühe; blüejen bloiə blühen, glüejen gloiə glühen;

2) als ī vor *ch* und *g* in: büecher bīçər, nüechtern nīçdərn, slüege šlīç schlüge, trüege drīç trüge, grüebe grīb grübe;

3) als ī vor *sch* und *m* in wüesche wīš wüsche, rüemen rīmə;

4) *æi* in müele mæil mahlte (molere), lüeden læirə lüden (ladeten); doch auch ich luot = aiç læid; wir luoden = mir læirə wir luden (ladeten)

Anm. Der Wetzlarer Dialekt hat überall für *üe æi* (statt *oi*), d. h. also den Laut, welchen die Nhmr. Mundart für *ie* eintreten lässt; es heisst daher in der Wetzlarer Mundart ræiwə Rüben, kæi Kühe, fræi frühe, mæid müde, bræidər Brüder, sæis süss, fæis Füsse, dræib trüb, wæin wühlen.

III. KONSONANTEN.

A. Labiale.

A) BILABIALE.

1. m.

Der labiale Nasalkonsonant *m*, von allen Buchstaben der am leichtesten zu sprechende, ist in den meisten Fällen an-, in- und auslautend erhalten. Selbst da im Auslaut, wo das Nhd. *n* gesetzt hat, ist *m* in d. Mdt. geblieben: bodem bīrəm, vadem fo͡ārəm, bësem bĕ͡āsəm, swadem šwo͡ūrəm; angetreten ist es in mhd. wase wo͡āsəm u. wo͡āsm Wasen; auslautendes *n* zu *m* in kę̄ten(e) kērəm Kette. Weinhold (Kl. Mhd. Gr. § 59) weist auf die Assimilationskraft hin, die das *m* auf den anstossenden Konsonanten übt: mînme zu mîmme maim meinem, dînme zu dîmme daim deinem, sînme zu sîmme saim seinem, einme zu eime âm einem.

Für den verwandten Laut *w* erscheint *m* in mīr mər oder mr = wir.

Das *m* einsilbiger unbetonter Wörter schliesst sich gern dem vorhergehenden Worte eng an, z. B. gip im ge͡äbm und noch kürzer ge͡äm, wir hân im mīr (mər) hònəm wir haben ihm, gip mir = geamər gieb mir, wann(e) man = wămər wenn man, sîn wir = saimər sind wir, gip ëʒ im = geabsm gieb es ihm, kan man = kămər kann man u. a. m.

Auch das *m* der Endung heim in Ortsnamen schliesst sich eng der vorhergehenden Silbe an, wobei die Silbe „hei" schwindet resp. zu *ə* wird: Naunəm oder Naunm Naunheim, Rĕrm Rĕrəm Rodheim, Hoiçələm Hoiçəlm Heuchelheim. Garbenheim wird Goarwənəma (mit auffälliger Endung); es ist ein Dorf nahe bei Naunheim und Wetzlar, das „Wahlheim" in Goethes „Werther".

m(*m*) entsteht aus *nb*: Grünberg Grĭmərç und Sĭmərç (vielleicht sint-berc), eine Anhöhe bei dem Dorfe Nhm.; vgl. dazu Vilm. Id. S. 169: Himmerich; auch eine Stunde von Naunheim in nordöstl. Richtung liegt eine zum Dorfe Dorlar gehörige bewaldete Anhöhe des Namens Hīmərç (Dehnung des *i* durch *m*).

Anm. Mhd. hęmde (hęmede) wird hēmb; es hat sich, wie schon im älteren Nhd., ein *b* vor *d* eingeschoben, und dann ist das *d* geschwunden, die Mehrzahl heisst hēmbər, aber in der Wetterau mit Angleichung: hēmər; vgl. Weigand, D. Wtb. I. S. 793.

2. w.

Das *w* ist nie labiodental in der Nhmr. Mdt., sondern stets bilabial. Es tritt in den Auslaut und wird zu *b* erhärtet in: narwe noărb Narbe, swalwe ŝwŏlb Schwalbe, varwe foărb Farbe, mürwe mērb mürbe, lęwe (lēwe) lēb Löwe.

Es tritt in den Auslaut und wird zu *d* in hëlwe (hilwe) heăld = Spreu.

Das mhd. ëtewaʒ wird eăbəs; vgl. hierzu Weinhold, Kl. Mhd. Gr. § 57, wo gesagt wird, dass die bairische Mundart den Wechsel von *w* und *b* liebt; *w* geht in *b* über, z. B. gebalt statt gewalt, so wäre also auch hier zu erklären: ëtewaʒ ëtbaʒ und assimiliert ëbbas eăbəs. Im Salzunger Dialekt geht nach Hertel § 41 in allen Formen des Fragepronomens *w* in *b* über, und so erklärt er auch das Salzunger „äbbes" aus et-bas.

Geschwunden ist *w*, wie schon im Mhd., in vrouwe

(vrou) frā, niuwe (nûwe) nau = neu. zwischen (zwüschen) tsīsiç, wozu die abgeleitete Form dətsīsiç dazwischen.

In houwen tritt an Stelle des *w* ein Guttural hervor „hāco"; Weig. D. W. I 772 sagt: „mit hervortretendem Kehllaut schon im Altnord. und noch schwedisch und dänisch jetzt", und Kluge (Et. Wtb.) setzt eine got. Form *haggwan an; es lässt sich dazu noch vergleichen engl. morrow, sorrow und deutsch morgen, Sorge.

Hertel (die Salzgr. Mundart) führt § 41 einige Beispiele an, wo *w* zur Beseitigung des Hiatus verwendet wird: mæwə und blēwə mähen und blühen, solche Beispiele haben wir zwar in der N. M. nicht, doch im Wetterauischen finden sich: mēwə nēwə drēwə sēwə und bēwə für mhd. mæjen næjen dræjen, sæjen und bæjen, md. lauten die Formen mêwen sêwen u. s. w.; ags. mâwan, þrâwan, sâwan; engl. mow, throw, sow. Weigand sagt (II, 514) „mit Eintritt von *h* und *w* für *j*"; Weinhold (Kl. Mhd. Gr. § 58) bemerkt: „Mitteldeutsch vertritt *w* gern thematisches *j*". Paul (Mhd. Gr. § 34) sagt: Ein *j* zwischen Vokalen ist ausgefallen, vgl. dræjen, sæjen, blüejen, müejen etc. Doch finden sich auch schon im Mhd. die Formen ohne *j*"; in der Anm. fügt er dann hinzu: „Irrigerweise nimmt man an, dass in drehen, mähen u. dergl. *j* zu *h* geworden sei. Das *h* ist nur orthographisch". Woher kommt nun das *w*? Ist es aus *j* entstanden oder ist es zur Vermeidung des Hiatus (mæ-en) nach Ausfall des *j* eingetreten?

Vor *t* (*d*) ist dann im Wetterauischen das *w* zu *b* geworden: 3. Ps. Prs. Ez. sēbd, mēbd, nēbd, drēbd.

Erwähnt sei noch ǒrwəl = Arm voll (Assim.).

3. b

Die beiden Lippen werden aufeinander geschlossen, der Verschluss ist also ein bilabialer. So erscheint *b* im Anlaut:

a) Vor Vokalen: bach bāc, balt bāl, baten bādə = nützen, helfen, besser bēsər, beide bārə, bere bærk, binden bēnə, bœse bīs u. s. w.

b) vor Konsonanten: blâ blō blau, bluome blōm, bluot bloud Blut und Blüte, brant brand, brëchen brēcə, bringen brēŋə, brût braud Braut.

Inlautend vor Vokalen wird *b* zum bilabialen *w*; nach Sievers: „Es wird einfach ein schmaler Spalt zwischen den Lippen gelassen“; vgl. Vietor El. d. Phon. § 101. Anm. 1: „ohne Rundung oder Verschiebung der Lippen und ohne wirkliche Reibung“.

Beispiele: gabel goăwəl, gëben geăwə, haben hoăwə = halten, haber hoăwər Hafer, hęben hēwə, lëben leawə, lëber leăwər, loben lōwə, nabel noăwəl, nëben neăwiç und neăwər neben, nëbel nīwəl, raben roăwə Raben, rēben reăwə Reben, arbeit ĕrwəd, Tabak dowak, tręber dræwər Träber, obene ōwə, stërben šdĕrwə, kolbe(n) kŏlwə, âbent ōwəd Abend, hübel hīwəl Hübel (kl. Hügel), klëben kleăwə kleben u. a. m.

Anm. Vgl. mhd. swalwe, gęrwen, spęrwære.

In mustergültiger Aussprache des Nhd. wird *b* im Inlaute vor Konsonanten zur Tenuis *p* verhärtet, z. B. hęrbest hĕrpst; so stehen auslautendes *b* und *d* aus etymologischen Gründen in unserer Rechtschreibung statt *p* und *t*, haben aber genau die lautliche Geltung wie diese letzteren; auch in der Vorsilbe „ab“ sprechen wir ein *p*.

Die Nhmr. Mundart hat aber in allen diesen Fällen die Medien *b* und *d*, und ich habe selbst eine schwache Tenuis nicht vernehmen können.

Es stellt sich also lautlich dar: hęrbest, hĕrbsd, gibest gēbsd zsgz. gīsd, gëbet geăbd, obez ōbsd, trüebe droib, tûbe dōb, toup dāb, liep læib, gâbe goăb, stoup šdāb, hüb(e)sch hībš, stube šdōb u. a. m.

Im Sinne von „halten“ bewahrt haben (mhd.) das *b* vor *t*: gəhoăbd = gehalten, doch Inf. hoăwə = halten. Im Wetzlarer Dialekt zuweilen noch im Inf. hoăbə (also *b* statt *w* vor einem Vokal).

Geschwunden ist *b* in waisloi = Weibsleute (kollektiv für „die Frauen und Mädchen“); ebenso in halbwêges = hălwæks = einigermassen (vgl. Vilm. Id. S. 146).

Mit vorangehendem *t* assimiliert sich *b* zu *b*(*b*) in šdraibər (= streitbar) d. h. uneinig.

4. p.

Im Anlaut vor Vokalen hat sich *p* erhalten in: pār poār, packen pàkə, palast palāsd, panzer pantsər, pûse paus Pause, Pest pēsd, pillele pĭl, polster pōlsdər, Pudel pūdəl, pur pūr, Pantoffeln pāndŏfəl (selten gebraucht, dafür meist kŏmōdšou = Bequemschuhe), palme pàlm, panter pāndər, paht (mitteldeutsch für phaht) pōcd Pacht, pûke pauk Pauke, pērle pēəl (r schwindet) Perle, pulver pŏ(ə)lwər, povel (pōvel und bovel) pēwəl Pöbel, pŏmər Pommer, pŏst Post.

Im Inlaut vor Vokalen ist *p* erhalten in den (freilich nicht volkstümlichen) Wörtern apostel apŏsdəl, Salpeter sālpēdər und epistole (mhd.) ēpĭsdəl; auch in Pêter Pēdər (ehemals lautete das Wort Pĭrə); vgl. Vietor, Die rheinfrk. Umgangssprache in und um Nassau, S. 11.

P erscheint aber als *b* im Anlaut und im Inlaut vor Vokalen in folgenden Wörtern: spätnhd. papier bābaiər, papel bābəl Pappel, pappeln bābən — (in diesen 3 Wörtern scheint das zweite *p* zu wirken), bāsə passen (ndl.), bāsĭə(r)n passieren), bās Pass (frz. pas = Schritt, Durchgang), bŏsə Possen (frühnhd.), bŏmb Pumpe (erst nhd.), pēch (aber schon mhd. bēch) bēəc Pech, puppe und boppe bōb Puppe, pulsâder (1475 clevisch nach Wg.) bòlsōrər Pulsader (das einfache Wort *bŏls kommt in der Mundart nicht vor), papagey bābəgaĭ, Boārĭs Paris, pelz bēl(t)s, boārtsiən Portion, Bòlak Pole, poltern (spätmhd. buldern) bòlərn, *pak*, aber *bagēd*.

Vor Konsonanten hört man stets die Media *b*, z. B. placke blāgə Placken, plâge blōk Plage, planke blank, platz blats, platzen blātsə, plozlich (spätmhd.) blētsliç plötzlich, plump blomb, praht broācd, prâlen broān prahlen, prangen (woneben *b*) brangə, prîs brais Preis, prinze brĭnts, prôbe brōb.

In der Verbindung *sp* überall die Media *b*: spalten šbālə, spân šbọ̄, sparn šbān Sparren, spæte šbēd, spate šboār (wbl.) Spaten, spatz, šbats, spēc šbēək, speiche šbāⁱç, spiegel šbĭçəl, splitter šblĭdər, spot šboād, sprâche šbrōc, springen šbrēəŋə, sprozze šbroāsə, spruch šbrūc, spuole šboul, spunt šbōənd, spur šbūr.

p im Auslaut schwindet in sëlp(b) in der Verbindung mit Ordnungszahlwörtern z. B. sãl drēãd selbdritt u. s. w.

10. pf, ph.

Die N. M. steht insofern auf niederdeutscher Stufe, als sie in den meisten Fällen unverschobenes *p* resp. b zeigt; so

1) im Anlaut: pfat pōãd, pfaffe păf, pfâl pōl, pfalz pălts, phant pąd, pfanne păn, pfarre pàr, pfâwe pō, pfëffer pĕãfər, pfîfe paif, pfîlære pailər, pfęnnic pēnig, pfęrrich pĕrç, pfingsten pīgsdə, pflanze blànts, pflaster blăsdər, pflûme blēm, pfloc blŏãk, pflücken blēgə, pfluoc blūk, pforte nur in der Verkleinerungsform pĕrdçə Pförtchen, pfôte (fehlt mhd., im Ndrh. des 14. Jahrhs. pôte, vgl. Kluge, Et. Wtb.) pūd Pfote, pfropfen brŏãfə (das pf im Inlaut nicht unverschoben, denn schon ahd. pfroffo, Absenker, Setzling) — vgl. Kluge Et. Wtb. pfropfen 2, pfuol poul, pfülwe pēūl, pfunt, pŏənd, pfütze pēts, pfuschen pūšə; pfarrære ist părə oder pĕrnər, dazu noch pĕrnəršhaus oder parhaus. Ausnahmen sind pfîl = fail, pflëgen = flæçə und das davon abgeleitete pfliht = flīçd.

2) Im Inlaut: hüpfen hēbə, stopfen sdōbə, tapfer dăbər, zapfen tsăbə, zipfel tsēbəl, zupfen tsōbə, Tüpfel(chen) (mhd. topfe) dēbəl(çe), von der mhd. diminutiven Nebenform tüpfen (v. topf) dēbə = Topf und allgemein = Gefäss; krâpfe krēbəl (eine Art Backwerk), knüpfen knēbə; Gipfel und Wipfel sind der Mundart ganz fremd, sie gebraucht dafür sbēts Spitze; snüpfe šnōbə, Tupfen dōbə; rupfen (ropfen) rōbə.

3) Im Auslaut: kopf kōb, zopf tsōb, knopf gnōb, dampf dămb, rumph (md.) rōmb, sumpf sōmb, dumpf (aus mhd. dimpfen) dōmb (davon fərdōmbə von einem Raum, in dem drückende, schlechte Luft ist), napf năb, kumpf kŏmbə (Gefäss).

Ausnahmen: kampf kămf Kampf und krampf krămç (mit auffälligem Auslant) Krampf.

b) Labiodentale.

f (v).

Bei dem labiodentalen *f* (*v*) sind nur wenige Formen zu beobachten, bei denen eine Abweichung vom Nhd. stattfindet. Im Anlaut ist es stets *f*; im Inlaut ist das mhd. *v* (= nhd. *f*) in einigen Fällen in der Mundart = *w*: oven ōwə, tiuvel doiwəl, zwîvel tswaiwəl, schiver(e) šīwər Schiefer (abgel. šīwəriç = bunt oder gefleckt, bes. v. Gefieder), stivel sdīwəl, uover üwər, liefern (mlat. liberare, frz. livrer) līwərn; im Mhd. haben Doppelformen: swēwel (swēbel) šwēawəl Schwefel, hovel (hobel) hŭwəl, Hobel, hęve hębe und hēpfe (vgl. Kl. Et. Wtb.) = hēwə Hefe; erwähnt sei noch haber(e) = hŏăwər — Hafer ist erst nhd.; fŭrwəs = Vorfuss (am Strumpf bes.); die Zusammensetzung bar-vuoȝ erscheint als bŏărwəs; ebenso im Nordthüring. und im Salzunger Dialekt, vgl. Hertel S. 74.

Im Auslaut erscheint *f* als *b* in: hof hōb, schon md. hob nach Weigand; in der Wetterau aber hōf (Geibel S. 21); brief bræib Brief, troufe nur in dăcdrāb Dachtraufe; šĕăb (= schief) setzt ein mhd. schëp voraus; „scharf" lautet mhd. meist scharpf statt scharf und daher in unserer Mundart šŏărb.

B. Dentale.

1. d.

Im Inlaut zwischen zwei Vokalen erscheint *d* als *r* in: vadem fŏărəm, bodem bīrəm, schade šŏărə Schaden, laden lŏărə, Laden und laden, baden bŏărə, heiden hārə Heiden (für Zigeuner meist gebraucht), sîde sairə Seide, krîde krair(ə) Kreide, vröude fræ̈r (wetterauisch frād) Freude, vride frīrə Frieden, ŏădsfrīre Ortsfrieden = schmaler Pfad ums Dorf, von mhd. vride = Einfriedigung — nicht zu „Friede" gehörend; luoder lourər, bruoder brourər, vuoder fourər, lëder lĕărər, vëder fĕărər, leider lairər (und zuweilen laidər, z. B.

laidər wink = leider wenig), lîden lairə, wîde wair (salix), weide wār (pascuum), ërde 1. ær = Fussboden, 2. ærə = Boden (Grund z. B. guter oder schlechter Ackerboden — vgl. Vilm. Id. S. 94; Stedebach = Stērəbāc (Dorf bei Marburg), bescheiden bəšārə = Auskunft geben oder belehren (also dieselbe Bedeutung wie im Mhd.); *md* = *mb* siehe *b*.

Studieren ist šdörīən und mhd. studente šdürĕnd.

Angleichung des *d* an *l* zu *ll* (oder *l*) in: balde bāl, gulden gēlə, schuldec šēliç, wilde wēl wild, welder wĕl (beachte den Abfall des *er*) Wälder; das Eigenschaftswort gülden nur noch in dem Flurnamen Gēlə Böl d. i. „Goldene Bolle (Mulde, Thalmulde); hierher gehört auch nōl (nōəl) = Nadel aus mhd. nâlde statt nâdel, wo das *l* der Endung in der Stammsilbe erscheint.

Angleichung des *d* an *r* und dann des *r* an *n* in (ge)-worden = wōān, vorderen fērən fordern.

Wie im Mhd. in synkopierten Perfektis schwacher Zeitwörter in *-d d* vor *te* zu *t* assimiliert wurde (redte, ladte), so zeigt sich derselbe Vorgang in der Mundart in Präsens- und Partizipialformen, wobei freilich dann nicht *t* sondern die Media *d* zu setzen ist: lîdet laid, badet bōād, schadet šōād, geschadet gəšōād, gebadet gəbōād, wirdet (schon mhd. wirt) wērd, vindet (schon mhd. vint) fīnd — Vgl. Weinh. Kl. Mhd. Gr. § 101.

Schône erhält in der Mundart ein *d*: šūd und wird zuweilen nasaliert šų̄d; auch in der dialektischen Umgangssprache hört man oft šōnd, besonders wenn es allein gebraucht wird oder am Ende des Satzes erscheint;

hēāld (immer statt šbrā, das sich nur in der Zusammensetzung hōāwərsbrā Haferspreu findet) aus mhd. hël(e)we, hilwe, ahd. helawa; nach Vilmar, Id. S. 163 „eine durch *d* vermittelte Neutralbildung“.

Über *nd* siehe Ausführlicheres unter *n*.

2. t.

Im Anlaut ist *t* meist durch die Media *d* ersetzt: tac dōāk, tât dōād, tiuvel doiwəl, tal dōāl, teil dāl, teller dēlər, tiure doiər, toufe dāf, tûbe dəb Taube, tasche dāš (doch nur in raisodāš, sonst, besonders bei Kleidern, stets săk), tavel dōāfəl, tapfer dābər, Tobak dāwāk, tôt dûd u. a.

Eine Ausnahme machen einige Wörter, die durch den Unterricht in der Schule, durch die Predigt oder die Lektüre in die Mundart eingedrungen sind: tēmpel tēmbəl, tëxt (spätmhd.) tēksd Text, Teer (erst frühnhd.) tær, Thema = tēmă und tēmōā = Gesprächsgegenstand. Thee tē, Torf törf;

Dazu kommen noch tôn tōn, tâhe tōn Thon, turm türm; freilich ist überall *t* die schwache Tenuis.

T ist vor *r* zur Media geworden: tragen (trein) drā, trahten drōāedə, trinken drēāŋgə, trûwen drauə, trûre drauər, troum drām (wofür meist gədrēm d. i. Geträume), trîben draiwə, trëten drēārə, triuwe droi.

Auch im Inlaut nach Konsonanten gilt die Media: tühtic dīçdīç, mehtic mēçdiç, vlühtic flīçdiç, smahtec (md.) šmēçdiç, vertic fēədiç, hurtec hūədiç, gewaltic gəwāldiç.

Wie die Media *d* so erscheint auch die Tenuis *t* im Inlaut zwischen 2 Vokalen als *r*, nur muss hier der erste Vokal lang sein: brâte brōorə, râten rōorə, hüeten hoirə, liuten loirə läuten, diuten doirə, vuoter fourər Futter, zîtunge tsairiŋ (wofür aber meist blōād = Blatt);

Zuweilen tritt jedoch das *r* auch nach kurzem Vokal auf: wëter wēārər, keten(e) kērem (beachte *m* im Auslaut), gewitere gəwīrər und daneben gəwīdər (ersteres wohl meist beim „Fluchen“).

Dagegen heisst es für mhd. buter bōəder Butter (vgl. wegen der „Stufe des inneren Dentals“ Kluge Etym. Wtb. unter „Butter“); otter ödər (vgl. auch zu diesem und den folgenden Wörtern Kluge, Et. Wtb.; „got. *tr* bleibt durch die hochdeutsche Lautverschiebung unberührt“), bitter beādər, eiter ādər, lûter laudər — doch heisst es: tsīrən von mhd. zit(t)ern: muoter heisst mōədər, hiess ehemals (und noch jetzt bei alten Leuten) moirə und heisst noch heute, von weiblichen Tieren gebraucht, mourər; Grossvater und Grossmutter lauteten früher ālfōārə und ālmoirə, jetzt dagegen ēləfōādər und ēləmōədər.

Ähnliche Assimilation wie oben bei *d* ist z. B. rîtet raid, bietet (d. h. biutet) bæid, liutet loid.

Zusammenziehungen sind gīrə geht er, hōrə hat er, šdīrə steht er, soirə sieht er, floirə fliegt er, šwairə schweigt er, særə sagt er, sārə sagte er.

Doch erhält sich der Dental nach *b*: hoabdə hält er (von haben = halten), šwœubdə schwebt er; gēbsdə und gīsdə (wo das ī wieder eintritt) giebst du, gēbdə und gīrə giebt er, auch nach *p* (mundartlich *b*): hēbdə hüpft er, rōbdə rupft er; *nt* siehe *n*.

Das im Auslaut angetretene *t*, das sich zuweilen schon im Mhd. findet, fehlt in der Mundart in habech hoabç und bredige brēriç. Das *t* schwindet in gespęnste gəšbēns und, wie auch vielfach in der nhd. Umgangssprache, in ist (is) = ẽs; es tritt im Auslaut an (freilich als Media) in: anders ãnəšd, schône šųd, morgen moarjəd Morgen, vërsen fæəšd Ferse; im Wetterauischen noch in: fæəšd = Vers, hēwəklīsd Hefeklösse und in manchen Strichen d. Wett. īmərd = immer.

Jetzt (mhd. ietze und iezuo) heist ēts und ētsəd, letzteres aber meist in der Bedeutung „neulich" oder „nunmehr".

Als Assimilation ist noch anzusehen: tritet (trit) drēd, dû sagetest (seitest) sāsd, slahtest šloaçsd, liuhtest lǒiçsd; slēhtest šlēçsd und šlæçsd, līhtest lāiçsd, eltest ēlsd.

Die mhd. Verbindung „mit râte" (mit Überlegung, langsam) lautet mēd rōəd, aber wetterauisch oft mēd rōər.

3. n.

Im Anlaut hat es sich stets erhalten: name nōmə (wo die Form „Name*n*" mit dem *n* das *ə* erhalten hat), nëmen nēamə, niesen næiso, noch noac noch, nôt nūd, nu (Nebenform nû) nų̄ nun.

Inlautend ist der Vokal *a* vor *n* mit folgendem *d* (*t*) zuweilen nasaliert, zuweilen nicht, ohne dass sich darüber eine bestimmte Regel aufstellen liesse. Eine Anzahl Beispiele mag hier angeführt werden; Nasalierung findet sich in: want wą̄d Wand, sant są̄d, pfant pą̄d, smant šmą̄d Schmant =

Milchrahm, hant hą̈d, bekant bəką̈d, verstant fəršdą̈d — hier kann vielleicht šy̨d (von schône) noch zugefügt werden.

Die Nasalierung unterbleibt in: lant lănd, rant rănd, gewant gəwănd Gewand, gewant gəwănd gewandt, bant bănd.

So auch inlautend nasal vor *z* und *s* in: kranz krą̈ts, tanz dą̈ts, tanzen dą̈tsə, gans gą̈s Gans (Mehrzahl auch nasal gaįs Gänse) — dagegen nicht nasaliert in: krēnts Kränze, dēnts Tänze, gręniz grēnts Grenze, lanze lănts, rans rantsə Ranzen, pflanze blănts, swanz šwănts, ganz gănts ganz, glanz glănts, kanzel kăntsəl, schanze šănts, wanze wănts.

Erwähnt sei noch mit zwischen *n* und *s* eingeschobenem Dental (oder *z* statt *s*): fæiərgəbą̈ts (nasaliert) Viergebeins d. i. Eidechse (oder Blindschleiche?).

Bei auslautendem *n* findet stets Nasalierung statt, auch da wo das *n* erst durch den Abfall eines *e* in den Auslaut getreten ist: ane ǭ an, ban(e) bǭ Bahn, kein ką̈, mîn mąi, dîn dąi, sîn sąi, sein (aus sagen) są̈, engein (aus engęgen) əgą̈ entgegen, Lahn (Fluss, an dem das Dorf Nhm. liegt) Lǭ, rein rą̈ Rain, Rîn Rąi Rhein, trein (aus tragen) drą̈, gemeine gəmą̈ Gemeinde, getân gədǭ, zan tsǭ Zahn und Plural zen(d)e tsę̄ Zähne, nun (Nform zu nu) nǫ̈, hin hī̧ (vgl. Vietor, Die Aussprache der in d. Wörterverzeichnis f. d. d. Rchtschrbg. z. Gebr. i. d. preuss. Schulen enth. Wörter — S. 4 Anm. 2); sên sę̄ sehen, gên gī̧ gehen, stên šdī̧ stehen, weine (aus wagen) wą̈ Wagen, rein aus rëgen rą̈ Regen, tuon doų̈, zwêne tswį̄ zween zwei.

Anm. Wenn auf einige dieser eben angeführten Wörter ein anderes folgt, das mit einem Vokal beginnt, so hört die Nasalierung fast vollständig auf: z. B. kăn ăoəbleăk kein Augenblick, tsōnūătsd Zahnarzt; auch vor der Endung: klānər Kleiner (nicht Komparativ, der klēnər heisst).

So heisst es in der Einzahl bei männl. Wörtern ohne Nasal: main ăbəl mein Apfel, main oărm mein Arm, main ōrəm mein Atem, main ōwəd mein Abend, main ĕkər mein Acker; aber bei weiblichen und sächlichen mit Nasalierung: mąi oăsəl meine Achsel, mąi ămd mein Amt, mąi ǭdoăcd meine Andacht, mąi ę̄ŋsd meine Angst, mąi ăndwoăd meine Antwort, mąi oăd meine Art, mąi ăoə mein Auge; dagegen in der Mehrzahl stets nasaliert: mąi ĕbəl meine Aepfel, mąi ändwōädə meine Antworten, mąi äcə meine Augen. Ebenso ist es mit der Nasalierung bei dîn dąi, sîn sąi, kein kǫ, ein ą vor allen Vokalen.

Hier mag noch eine Bemerkung Platz finden über nasalierte Infinitive und nichtnasalierte Präsensformen.

Es heisst im Infinitiv hǫ von hân (hôn), drą von trein tragen, są von sein sagen, šdī von stên, gī von gên; dagegen aiç hün ich habe, mīr hun wir haben, sæi (sə) hun sie haben; aiç mīr sæi drän, aiç mīr sæi sän, aiç mīr sæi gīn, aiç mīr sæi šdīn; Erkl. In der dialektischen Umgangssprache folgt selten ein Wort auf den Infinitiv; bei den Präsensformen aber meist, und der Nasal wird vermieden, damit sich das folgende Wort bequem anschliesst.

In alemannischem und mitteldeutschem Gebiete fiel schon im Mhd. gern das *n* der Endung *-en* ab, und es finden sich die Infinitive lëbe, sage, sitze, gëbe, nëme, lige, blîbe, scheide u. a.

So hat denn in der Nhm. Mdt. der Infinitiv in der Regel das *n* verloren, wenn nicht irgend ein Umstand eingewirkt hat, dasselbe zu erhalten. So heisst es gëben gëawə, trëten drēārə, ëzzen ēāsə, sitzen sëtsə, ligen laiə, verdriezen fərdræisə, ruofen rūfə, slâfen, šlōfə.

1. Das *n* erhält sich, wenn schon im Mhd. das demselben vorhergehende *e* der Endung meist geschwunden war: quëln kwēn, stëln šdēān, schërn šēārn, wundern wōenərn, wandern wänərn und in der Bedeutung von „umgehen als Gespenst" wänərn (langes ä); handeln hänən (Assim. v. *l* zu *n*) maln mōān, kërn kēən (fegen); so auch im Pc. Pf. worden wōān, verlorn fərlōān.

2. Bei einigen Zeitwörtern erhält sich das *n* durch Angleichung des *l* an dasselbe: stëllen šdēn, vallen fán, stillen šdên. vüllen fēn, wollen wōn.

3. Bei Zeitwörtern mit langem Stammvokal, dem ein *r* folgt, bleibt das *n* erhalten, und das *r* wird in der Mundart so schlecht artikuliert, dass es wie *ə* klingt und so bezeichnet werden kann (vgl. engl. far, more u. a.): stœren šdēən, beswæren bəšwēən, rüeren roiən, vüeren foiən, mêren mēən (vermehren), kêren kēən = wenden. Auch das Flexions-*n* im

Dativ Plural der Haupt-, Für- u. Eigenschw. ist verloren gegangen: ēan də gærdə in den Gärten, ōf də bærjə auf den Bergen, von den vogelen fō də fīçəl, blôʒ an den beinen blūs ō də bō, bî disen kurzen tagen bai dēsə kūətsə dōāə, mit disen gedanken mēd dēsə (oder dēn) gədankə.

Liute hat stets die abgekürzte Form loi, z. B. bî den liuten bai də loi.

Erhalten bleibt das *n* auch in den Endungen *ern* und *erîn* der Eigenschaftswörter: îsern aisərn, lëderîn lēarən, hülzerîn hēltsərn, blîen blaiən (und selten blaiərn);

Auslautendes *e* erhält das *n* in morgene mōān (freilich auch Assim.); dagegen mōārjəd Morgen (Vormittag) und mōārjə (= Ackermass).

Ein *n* tritt an den Auslaut, wie im Nhd., bei rēche rēācən Rechen oder Harke.

Mhd. sunst sust, älter sus wird sōsd und umbe sus = imsōsd umsonst.

Es fällt das *n* nebst dem *h* in zëhen tsēə zehn und in allen seinen Zusammensetzungen; desgleichen in vünfzëhen (beide *n*) fōftsēə, vünfzic fōftsiç, sibenzëhen siwətsēə; auch die Endung ende verliert das n: drîzëhende draitsēəd, vierzëhende fērtsēəd u. s. w.

Für „neben" gilt meist nēāwiç, doch heisst es nicht selten nēāwər, das auch in der dialektischen Umgangssprache als næwər vorkommt und von Vietor (Die rheinfrk. Umgangsspr. in und um Nassau, § 10) als Angleichung an „üwwer, unner etc." erklärt wird.

Über *nb* und *md* siehe *m*.

Gewesen lautet stets gəwēāsd von gewëst, das schon im 13. Jahrhundert im Mitteldeutschen erscheint;

n fällt vor *t* in âbent ōwəd Abend und totzen dōetsəd Dutzend. Interessant ist der Ausfall des eingeschobenen *n* in „Dienstag" -diens-tac, (nd. Form für hd. zistac zîstac zinstac) es lautet in der Mdt. dēāsdōāk; doch lässt sich hier kaum entscheiden, ob ein eingeschlichenes *n* unwillkürlich oder mit Absicht beseitigt ist, denn es kommt vor „Ginster" gēāsdər und vęnster fēāsdər. Neben mhd. sît findet sich der gleichbedeutende Komparativ sider, dessen Stamm-*i* ursprünglich lang gewesen sein muss, denn es heisst in unserer Mundart „sairə“ (mit Assim.) und in der Wetterau „sairər“ (vgl. Weig. D. Wtb. II, 688); neben sît bestand mhd. sint, (vgl. sintemal), und auf dieses sint geht unser mundartliches sẽand zurück, das z. B. stets gebraucht wird in der Verbindung sẽand gẽasd = seit gestern, daneben aber auch als Bindewort vorkommt; in gëstern ist also auch *n* samt *er* der Endung gefallen: gẽasd (schon ahd. gëstre und mhd. gëster).

Assimilation findet statt in hãfəl (oft leicht nasaliert hą̃fəl) aus „Hand voll“ und mõfəl aus „Mund voll“; vgl. õarwəl unter *w*.

Ein *n* tritt ein in den beiden Ortsnamen Niederbiel Nêre*n*bæil und Oberbiel Owənbæil, zwei Dörfer unweit Wetzlar.

Über kãmbãnk vgl. Vilm. Id. S. 192 und Pfister, Nachtr. S. 124. Vilmar und Pfister entgegen ist jedenfalls die richtige Ableitung die von kãm Kamm, denn auf diesem in der Wohnstube befindlichen Brett liegt der Kamm, den die ganze Familie gemeinsam benutzt. So fasst auch der Dorfbewohner den Ausdruck auf.

Zu erwähnen bleiben noch die Ausdrücke: šraiwəs, blaiwəs, föədgĩs u. a. in Redensarten wie: ə hǟd ką̃ šraiwes er hatte nichts Schriftliches; hæi ẽas ką̃ blaiwəs = hier kann man nicht bleiben; əs wõar ką̃ föədgĩs = man ging nicht fort, es kam nicht gleich zum Fortgehen; in den beiden ersten ist das *n* geschwunden, im letzten der Vokal nasaliert — die Form scheint der Genetiv des Infinitivs zu sein.

nd (nt).

nt ist meist einbegriffen, besonders wenn es mhd. im Auslaut steht, wo wir jetzt *d* haben. Es handelt sich hier hauptsächlich um die Assimilation zu *nn*; schwer ist es, bestimmte Regeln aufzustellen — vgl. Hertel, die Salzunger Mundart § 35, wo Regeln angegeben werden, die sich auf Meiningische Mundarten beziehen (Sterzing, Brückner, Schleicher, Spiess).

Wir betrachten zuerst *nd* im Inlaut; es ist meist zu *nn* geworden, das wir aber durch einfaches *n* wiedergeben: ander ǎnər, handel hǎnəl, wandel wǎnəl, gestanden gəšdǎnə, finden fe͡anə, binden be͡anə, kinder ke͡an (er schwindet), linde le͡an, sünde sīn, swinden šwe͡anə, hende hên, wende wên, ende ên, kalender ko͡alônər, stünder (erst nhd.) sdēnər, węnden wênə, ûzwendic auswêniç, unden ðənə, unter (under) īnər, gefunden gəfōənə, gebunden gəbðənə, hundert hðənəd, wunder wðənər, zunder tsðənər, unt (unde) e͡an, swinde (und swint statt geswinde) šwīn, winde we͡an Winde (Vorrichtung z. Heben), rinder rīnər, hunde ho͡an, undern (untern) ðənən = Nachmittag, besonders die Zeit gleich nach Mittag — Lexer giebt „Mittag“ an.

Ausnahmen sind: ęllende ēlend, schande šǎnd, doch stets səšǎnə zu Schanden, (ge)-linde gəle͡and gelind.

Das mhd. auslautende *nt* bleibt bestehen und erscheint als *nd*: lant lǎnd, bant bǎnd, rant rǎnd, gewant gəwand, verwant fərwǎnd, blint ble͡and, kint ke͡and, wint we͡and, grunt grŏənd, hunt hŏənd, pfunt pŏənd; rint re͡and, nasaliert in hąd, sąd, wąd, bəkąd, vgl. oben unter *n*.

Echtes *nt* bleibt stets als *nd* erhalten: mantel mandəl ndd. kanten kandə, winter we͡ander.

nd = *mb* in gesindelache (-ach) = gəsīmbəl, wohl mit Anlehnung an sīmbəl, das die Mundart kennt in der Bedeutung „einfältig, dumm“.

4. l.

Es ist meist erhalten. Im Anlaut erscheint nur einmal und dazu ganz selten *n* statt *l*: nēljo͡al für Lineal“ (vgl. frz. niveau aus libellum und nomble aus lumbulum); doch heisst es gewöhnlich lıŋgəbre͡ad = Linienbret.

Im Inlaut ist *l* zuweilen geschwunden; das zeigt sich schon im Mhd., besonders im Alemannischen: sun statt suln sollen und wen statt weln wollen — vgl. Whd. Kl. Mhd. Gr. § 68; doch muss man wohl in allen diesen Fällen, wie auch in der Mundart, Assimilation annehmen.

Beispiele: valn fǎn, bezaln bətso͡an, vüelen foin, bevël(h)en bəfe͡an, wille(n) wēn, kit(t)el kīl, sticheln sdēçīn, wilt (2. Ps. Ez.) wīd, wollen wŏn; bei bëtelen assimiliert sich *l* zuerst dem *l*: bĕl(l)en, dann assim. sich *l* dem *n*: bēn, ganz ebenso schütelen schêllen šên und rütteln, rêln rên; zettel tsēl = Aufzug eines Gewebes, und zedele (zetele) tsēl Zettel (Papier); Beispiele wie quęln, stillen u. a. finden sich schon unter *n*, s. oben.

Gleichfalls Assimilation ist wohl šūmšsdər aus schuolmeister.

Metathesis schon mhd. inselt (für unslit) īnšəl(d) Unschlitt.

Über *ld* siehe oben unter *d*.

5. s.

Wo das *s* dem mhd. und nhd. *s* entspricht, ist es überall der stimmlose Laut, freilich ohne besondere Schärfe; das stimmhafte *s* habe ich nicht vernehmen können, es kann selbst zwischen zwei Vokalen nicht angesetzt werden. Wie in vielen deutschen Mundarten das *s* sich leicht in *sch* (*š*) verwandelt, so auch im Nhmr. Dialekt. Vgl. nhd. Bursche aus burse, Kirsche aus kirse (kērse), Hirsch aus älter nhd. Hirß (Kl. Et. Wtb.).

Besonders zeigt sich dieser Wandel nach *r*, wobei dann *r* meist so schwach artikuliert wird, dass *ə* dafür angesetzt werden kann; nach ea, oa und u schwindet es ganz: gërste gēəšd, vürste fēəšd, êrst ēəšd, bürste bəšd, borste auch = bəšd (Redensart: kā bəšd = kein Haar oder kein bisschen), karst kōəšd, wurst wəšd, durst dəšd, du verst fēəšd, du kēəšd, hœrest hūsd, swærest (Superl.) šwēəšd, rōəšd rarst von rar, du warst (mhd. Ind. du wære) = du wōəšd; überhaupt die 2. Pers. Sing. Präs. und Perf. auf *st* nach r; hirse hēəše (schon älter nhd. und md. Hirsche), garst gāšd, garstig gāšdiç; ōnə wairəš ohne weiteres; ebenso in Namen wie: Beckers Bēkəš, Müllers Mēləš, Wagners Wānəš, Weimers Wāiməš.

Das *c* in dem aus dem Französischen entlehnten „Cigarre“ wird *s*: sīgā (der Ton auf der ersten Silbe); das 2 Stunden von Nhm. entfernte Dorf Hohensolms heisst Sōlməs, die Bewohner aber werden Sēmšər genannt.

Über den grammatischen Wechsel von *s* zu *r* vgl. Weinhold Kl. Mhd. Gr. § 47. Neuere Fälle von diesem Wechsel sind nicht wahrzunehmen, doch haben sich die alten Formen friesen und verliesen in froisə und fərloisə als allein gebräuchlich erhalten. Der Rhotazismus aber findet sich im Dillthal, z. B. in dem 1 Stunde von Nhm. entfernten Dorf Asslar, wo es stets mürə und lōrə für „müssen und lassen" heisst; daselbst auch noch: dērə = dass er, ērə = ist er, wŏărə = was er. Zum Rhotazismus vgl. Kluge, Etym. Wtb. unter „Hase". Über *s* aus *z* vgl. unter *z*.

6. z.

z ist überall in dieser lautlichen Untersuchung durch *ts* wiedergegeben worden, wozu an dieser Stelle bemerkt werden soll, dass auch hier *t* als schwache Tenuis gelten muss; ja es könnte *z* ebensogut mit *ds* wiedergegeben werden. Nur in wenigen Fällen findet eine Abweichung vom Mhd. und Nhd. statt. Im Anlaut ist es *s* in der Vorsilbe *ze*: zesamene səsōmə (hier könnte es auch Angleichung an das zweite *s* sein), zerücke sərēk, zewëge səwæk und səwæjə, *zegelîche səglāiç, zehant səhąd, zegęgene səgæjə.

Scheinbar als *də* erscheint *ze* in dəlēsd und dəēəšd, wo jedenfalls der Artikel der = də anzusetzen ist.

Das erst nhd. „Zwetsche" (Quetsche) lautet stets kwētš (thüring. ostmd. quatšge), vgl. dazu Kluge, Et. Wtb.

tz als *dš* (*tš*) nur in dem Namen des hessischen Städtchens Butzbach = Boudšbăc und in dem des 1½ Stunde von Nhm. entfernten Dorfes Atzbach = Oădšbăc.

In der dial. Umgangssprache heisst es pĭtš statt mundartlich pēts Pfütze.

C. Palatale.

1. j.

Der halbvokalische Reibelaut *j* ist im Anlaut im allgemeinen erhalten: jâr jōr, jaget jŏăd, jâmer jōmər, joch jŏc, jucken jügə, junc jüŋ; *gi* im Anlaut = *ji* in giht jīçd Gicht; *gi* im Inlaut zu *j* in rēljōn Religion; *j* aus *g* nach *r* in morgen mōārjə (Feldmass), morgen mōārjəd (die erste Tageszeit), ergern ĕrjərn, schurgen (schürgen) šūrjə (schieben), würgen (md. worgen) würjə, sorgen sōārjə. Asien ist Asjə.

Für Georg, das meist Šōrš lautet, zuweilen auch Jērç.

Mhd. *g* im Anlaut ist erhalten, obgleich nhd. *j*, in gæhe = gē z. B. ən gēər bærk ein jäher Berg — „steil" ist der Mundart fremd.

„Johannistag" ist Gohänsdlōāk und „Johannistrauben" Gohänsdrēwən. „Linien" ist liŋgə, zuweilen etwas schärfer: linkə — also *j* (*i*) zu *g* (*k*); siehe noch unter *y*.

Geschwunden ist *j* (resp. *i*) in ietze iezuo = ēts jetzt.

2. g.

Im Nhd. ist *g* entweder weicher Verschlusslaut wie in Geld, Gut, oder gutturaler Reibelaut (Hintergaumen) wie in sagen, oder endlich palataler Reibelaut (Vordergaumen) wie in Regen, siegen.

Im Anlaut ist *g* weicher Verschlusslaut wie im Nhd.: guot goud, gëlt gēāld, gâbe gōāb, gieʒen gæisə, gibel gīwəl u. a.

Im Inlaut schwindet *g* zwischen zwei Vokalen in: swîgen šwaiə, ligen laiə, kriegen krīə, slage (schon mhd. slâ) šlōā = schwerer Hammer zum Schlagen; nagel lautet schon mhd. nail neil nâl, die letzte Form gilt in der Mundart: nāl; zagel im Flurnamen ĕsətsāl Ochsenzahl = Ochsenschwanz — vgl. „Rübezahl" in Kluges Et. Wtb. unter „Rübe".

Vor *l* schwindet *g* in müg(e)lich mīliç möglich.

In Präsensformen: tregest dræsd, treget dræd, swîgest šwaisd, swîget šwaid, sagest sæsd, saget sæd, sagete sād, du krīsd, hī krīd du kriegst, er kriegt.

Schwund des *g* und Nasalierung in: tragen (trein) drą̄, sagen (segen sein) są̄, rëgen (rein) rį̄, rëgenen (reinen) rān, gesëgenen (geseinen) gəsān d. i. „besprechen", wagen (weine und schon wâne) wą̄, ge-wage (= ein bestimmtes Mass) gəwān in der Redensart īmədə ēān saim gəwān lōəsə jemand ruhig gewähren lassen; maget (meit) mād (aber nur in der Bedeutung „Dienstmagd“).

g vor *t* wird *k* in: legst lēksd, legt lēkd, frēksd frēkd von fragen, rēksd rēkd von regen, bəwēksd bəwēkd von bewegen, hēksd hēkd von hegen; doch heisst es jæsd jæd von jagen (jā̧).

Auslautendes *e* fällt ab und vorangehendes *g* wird *k* in wâge wōk Wage (Werkzeug zum Wiegen), krage krōak, lâge lōak, sage sōak, plâge blōk, klage klōāc, vrâge frōc; *g*(*ç*) aus *ck* in dem Ortsnamen Buseck = Bousiç = Grüs- und Alə-Bousiç, zwei Dörfer unweit Giessen.

Nhd. *g* im Auslaut, mhd. auslautendem *c* entsprechend, ist = *k* in: tac dōak, slac šlōak, wëc wæk, stëc šdæk, kriec krīk Krieg.

Kontrahiert und nasaliert: geflogen und gezogen = gəflę̄ und gəstę̄; *g* nach kurz gewordenem Vokal = *ç*: spiegel šbīçəl, fliege flīç, wiege wīç Wiege — nassauisch (um Weilburg) wæi, das in unserer Mundart, dem *ie* gemäss, auch entsprechend wäre; doch gilt mhd. zumeist die Form wige.

D. Gutturale.

1. k (c).

Im Anlaut ist *k* stets erhalten, wenn es auch nicht mit besonderer Schärfe gesprochen wird: komen kōmə, korn kōān, kęʒʒel kēsəl, kint keānd, krâm krōm, klein klā̧, kleit klād, kriec krīk u. a.

Zuweilen hört man kălōb statt gălōb — (von frz. galop, mhd. walap); ebenso meist kămăšə Gamaschen, Kamaschen — afrz. camache, Weiterbildung aus ital. gamba Bein. Inlautend zwischen *n* und *ə* ist die Tenuis fast ganz zur Media geworden und ist durch *g* wiederzugeben: anker aŋgər, trinken dreāŋgə, winken weāŋgə, sinken seāŋgə, danken daŋgə, lęnken lēŋgə, hęnken hēŋgə.

Als Media kann *k* auch bezeichnet werden in backen băgə, wacker wăgər (in der Bedeutung „wach“), węcken wēgə, stecken šdēgə, stöcke šdĕŭgə, hâke(n) hŏāgə, Ekel (erst nhd., md. Wort von Luther verbreitet) ēgəl.

Als *g* erscheint *k* auch in Amērĭgōm, dūgōādə (spätmhd. ducâte), Jōāgəb und Jōgōb, mūsĭgānd, gūgūk.

Geschwunden ist das *k* in mark(e)t mād Markt (Wetterau: mærd) und das erste *k* in šbĭdōŭgəl Spektakel = Lärm.

ck vor *t* wird *ch* (*c*) in smackte šmōācd schmeckte, gesmackt gəšmōŭcd geschmeckt; vgl. schon mhd. dahte neben dacte zu decken.

Über „Linien" = lĭŋgə (lĭŋkə) siehe g. Über *ks* = *hs* siehe *h*.

2. h.

Im Anlaut ist *h* stets geblieben: hâr hōr, hant hąd, hęcke hĕk, hęmde hēmb, hunt hōənd.

Geschwunden ist *h* im Inlaut vor einer Endung (wie schon oft im Mhd.): geschëhen (geschên) gəšę, sëhen (sên) sę, ziehen (zien) tsæiə, nâhe (nâ) nō, Komp. nēər näher; bevël(h)en mit Assimilation bəfēān. Zu *ch* in zêhe tsĭç Mz. tsĭçə (Salz. Dial. w: zæwə, vgl. Hertel).

Die Vorsilben hër und hin lauten, wenn sie unbetont sind, *ə*: ərōf herauf, ərōāb herab, ərēān herein (herín, denn ēa aus ĭ), ənaus hinaus, ənōābər hinunter, ənēāwər hinüber, ənōf(ər) hinauf.

Der Endung heit ist oben unter dem Diphthongen *ei* schon gedacht; das *h* fällt in būsəd Bosheit, gəwēnəd Gewohnheit, wōrəd Wahrheit und kraŋgəd Krankheit. Das mhd. nihtes niht, erst nhd. „nichts", ist der Nhmr. Mundart fremd; sie hat dafür naud, vgl. ags. nâught, engl. nought — Vilm. Id. S. 281; dazu aud = etwas — Vilm. Id. S. 21, auch Weigand, D. Wtb. I. 117. — Die mitteldeutsche Form ist nût.

Über *hs* sagt Weinhold, Kl. Mhd. Gr. § 67: „Im Mitteldeutschen wirkt *s* auf voranstehenden Consonanten assimilierend: *hs* wird zu *ss*, z. B. assel, wassen, wessel, hesse, sess, osse, voss".

In unserer Mundart findet sich diese Assimilation oft: dîhsel daisəl Deichsel, vlahs flōās Flachs, wëhseln wēāsən wechseln, wahsen wōāsə wachsen, nâlde-bühse (angesetzte

Form) nōələ-bêsə Nadelbüchse; dagegen heisst es alleinstehend: bühse bêks; ebenso: vuhs fōks, dahs dōaks, sëhs sêks, wahs wōuks, wehset wĕksd; doch heisst es von sëhszëhen sëçtsēə und von sëhszic sëçtsiç.

Im Wetterauer Dialekt scheint sich ein *h* aus *g* zu entwickeln in: gətsouhə und gəlouhə aus gezogen und gelogen.

3. ch.

Es ist stimmloser gutturaler Reibelaut nach *a*, *o*, *u* und den Diphthongen *ea*, *oa*; als Beispiele mögen genügen: dach dāc, pëch bēac, buch būc, stëchen šdēacə, loch lōac, tac dōak, gemachet gəmōacd.

Es ist stimmloser palataler Reibelaut nach *i*, *e*, *ai*, *æi* und *oi*: licht līçd, gewihte gəwīçd, slëht šlëçd und zuweilen šlæçd, reichen räiçə, speiche šbäīç, viuhte fōiçd liuhte lōiçd, bëçīlçə Büchelchen = Bächlein.

ch wird im Auslaut zu *k* in hôch hūk hoch.

Die Prät. vlôch und zôch lauten flūk seltener flūc und tsūk seltener tsūc.

Nach *ou* (aus mhd. *uo*) verstummt es in *šou* Schuhe; sonst hat es, wie oben schon erwähnt, die Wirkung, statt *ou* ū eintreten zu lassen: šūc Schuh (Einzahl), dūc Tuch, flūc Fluch u. s. w.; vlôch (vlô) ist flū Floh, Mz. flī Flöhe; zu schuoch und vlôch vgl. Hertel, Die Salzunger Mundart § 39, 4, wo noch die Formen anderer Dialekte erwähnt werden; *ch* oder *h* = *k* vor *s* in hœhste (hœchste) hīksd, næhste (næchste) nēksd.

Whd. Kl. Mhd. Gr. § 78 erwähnt die alemannischen Formen soler, weler statt solher welher (Kluge: wëlch, Lexer: wëlch und wëlh) — in der Nhm. Mdt. heisst es wêlər (mit geschlossenem kurzem ê in der Stammsilbe); in solher bleibt das *ch* bestehen: sōlçər.

„Rakete" lautet mit davorgetretenem *d*: drācēd.

4. r.

Das *r* schwindet meist im Artikel, wenn er unbetont ist und unmittelbar vor dem Hauptworte steht: də bām der Baum, də šdrŏm der Strom, də šbəl der Apfel, də fūcəl der Vogel; aber auch vor dem einem Hauptwort vorangehenden Adjektiv: də læiwə Gōad, də šīnsdə dōak.

Das Pronomen *ĕr* (mitteld. hĕr und hĕ, altsächs. hĕ und hie, Braune im Vokabular des Ahd. Lesebuchs: hĕr und *hê* — — engl. he) lautet, wenn es betont ist, entweder hę̄ oder hī̜; wetterauisch hê „mit dumpf nachklingendem *n*", wie schon Weigand bemerkt D. Wtb. I. S. 455. Ist das Pronomen nicht besonders betont, so lautet es *ə* und schliesst sich auch so an die vorhergehende Form des Verbs eng an: sārə sagte er, kīmdə kommt er, fĕldə fällt er, gêbdə giebt er.

Nach *oa* und *ea* ist das *r* in der Aussprache nicht zu hören und ist also gleich dem engl. *r* in arm, form, wo Victor die Aussprache bezeichnet mit ām, fōm. Beispiele: ōam arm und Arm, wōam warm, gōan Garn, garte gōadə, gōašdiç garstig, dorn dōan, zorn tsōan, dās Gōad ərbōam dass Gott erbarm, fōan vorn, fərlōan verloren, kōan Korn, dēad(ə) dort, fūan fahren, bōad Bart, šwōats schwarz; ebenso nach *u* und *o*: wušd, dŏšd und dŏəšd; hūšd = hörst, hūn = hören, hūd = hört; fŏəd = fort.

Die den schon im Mhd. verkürzten Formen *hie* und *mê* entsprechenden *hæi* und *mī̜* sind allein gebräuchlich. „Barbier" ist bālwīrər: der Übergang des *r* in *l* ist in diesem aus dem französ. *barbier* entlehnten Worte, wie Weigand sagt, „gemeindeutsch und noch heute volksmässig".

Das *r* schwindet noch in: brunnen būn, brennen būn (beide also in der Mundart homonym), vordern fĕrən, vürhten fĕcdə, Cigarré sīgā, dar ūʒ(en) daus draußen, mark(e)t mād, wider wêrə (Wetterau aber: wīrər).

Über *r* aus *d* und *t* vergleiche diese beiden.

Über Rhotazismus (mūrə, lŏrə) vgl. *s*; *r* aus *l* nur in der dialektischen Umgangssprache in Sorms aus Solms, wo die Mundart selbst Sòlməs hat; *r* schwindet zuweilen in oi̯sə statt oi̯sər unser (seltener oi̯s) und in auə au statt auər euer; im Dativ heisst es oi̯səm und auəm; die Wetterauer Mundart hat *ū* unser und ūm unserem, doch nicht überall; *r* wird zu *l* in: brŏmbəl (brâm-bę̄r), hēambəl (hint-bę̄r), ĕrbəl (ĕrtbę̄r); aber: haidəlbīr Heidelbeere (heidelbę̄r); in der Mz. findet

Assimilation statt: brŏmbən, hêambən, ĕrbən — dagegen haidəlbīən. Cervelatwurst ist salfəlōădwădd; r für n in nēăwər siehe n; doch oft heisst es statt nēăwər und dənēăwər (Präpos. und Adverb) — nēăwic und dənēăwiç.

Metathesis in wĕlberd aus wiltbrât oder wilt-bræte; abgeleitet: wĕlberdsknĭbər = Wilddieb; auffällig ist wetterauisch frĕkil (vęrkel) für fĕrkəl in unserer Mundart.

Zum Schlusse möge noch eines Wortes gedacht werden, das sich weder bei Vilmar noch bei Pfister findet, aber in den Gegenden von Wetzlar, Marburg, Alsfeld und Hersfeld vielfach gebraucht wird. In unserer Mundart heisst es pŏădənēsdən = Perlen, unweit Marburg pŏănēsdən, um Alsfeld und Hersfeld abgekürzt: nēsdərn oder nēsdən; es wird wohl von Paternoster (Perlen des Rosenkranzes) abzuleiten sein.

Die Weiterentwickelung unserer Schriftsprache, des Neuhochdeutschen, ist eine sehr langsame, denn sie wird stetig gehemmt durch das nun einmal vorliegende und zumeist als richtig und mustergültig angesehene Geschriebene und Gedruckte in Wörterbüchern und guten Schriftwerken unserer Litteratur.

Anders ist es bei den Mundarten. Hier lernt das Kind von den Eltern und Geschwistern seine Sprache mündlich; und diese Sprache gerät dann zuweilen in Konflikt mit derjenigen, die es in der Schule hört und sprechen muss, die es in seinen Büchern liest und die aus dem Munde Fremder (Städter u. a.) an sein Ohr klingt. Es muss sich dabei eine fortwährende An- oder Ausgleichung vollziehen, mag sie auch verhältnismässig langsam von statten gehen. Dörfer, die weit von Stadt und Eisenbahn entfernt sind, werden die Eigentümlichkeiten ihrer Mundarten treuer und länger bewahren als solche, deren Lage ihre Bewohner in allgemeineren und regeren Verkehr hineinzieht; vgl. Behaghel, Die deutsche Sprache S. 30 ff., S. 51 ff.

In der Nauuheimer Mundart zeigt sich ganz deutlich, wenn auch zunächst nur an wenigen Beispielen, wie ältere, eigenartige Wortformen durch jüngere, der Schriftsprache ähnlichere ersetzt werden, wie das heranwachsende Geschlecht altertümliche Worte selten gebraucht oder ganz vermeidet.

Für „Vater“ und „Mutter“ hiess es früher und heisst es noch jetzt bei alten Leuten fōārə und moirə; diese beiden sind nunmehr ersetzt durch fōādər und mōodər. „Grossvater“ und „Grossmutter“ waren ehemals älfōārə und älmoirə, jetzt dagegen ĕləfōādər und ĕləmōodər; daneben besteht noch eine von manchen weiblichen Tieren gebrauchte Form mourər, die eigentlich dem mhd. muoter am genauesten entspricht.

Im Munde älterer Leute des Dorfes (und in der Wetterau) heisst „nicht“ næid, von einer Nebenform niet (statt niht), die schon bei Notker und Williram vorkommt; das heranwachsende Geschlecht sagt fast ausnahmslos nēād, von der verkürzten Form „nit“ stammend.

Früher sagte man von einem, der seines schlechten Rufes wegen in aller Leute Mund war: ə læfd də loi tsoum šbēāl ərīm d. i. er läuft den Leuten zum Spell (= Gerede) herum — vgl. dazu Kluge, Et. Wtb. „Beispiel“; so hörte man auch ehemals Leute verwundert ausrufen: Ai du šbēāl ālər wĕld, ei du Spell aller Welt (soviel wie „potz tausend“).

In vielen Mundarten kommt noch vor, wie auch bei uns, „spellen gehn“ (Nhm. Mdt. šbln gŋ) = des Abends zur Unterhaltung zusammengehn, besonders ins Wirtshaus.

Der mhd. Form ieder entspricht regelrecht das ältere mundartliche æirər (ie = æi und intervokalisches d = r) jeder; jetzt aber wird und ist es schon vielfach verdrängt durch die schriftdeutsche Form jēdər.

„Jugend“ hatte ehedem kurzes ŭ: jŭcənd, jetzt ist das u meist laug: jūcənd. Das mhd. vröude ist regelrecht fræ geworden (wetterauisch frād), und das Zeitwort lautete früher fræə (mhd. vröuwen); doch jetzt hört man fast nur noch froiə, dem Neuhochdeutschen angeglichen.

Noch jetzt hört man, wenn auch selten, nūrds (in Waldgirmes, Dorf 1/2 Stunde östlich von Nhm., ganz geläufig) statt nūr; es ist vielleicht eine Superlativform mit Metathesis; vgl.

Vilm. Id. S. 287: nūršd, *d* vor *s* = nūrds. Es ist nun schon fast verdrängt durch nūr. (Wetterauisch aber meist „nūəds“).

Diese Beispiele mögen genügen. Zahlreichere Belege wird ein Glossar bringen, das im wesentlichen schon zusammengestellt ist und nach genügender Vervollständigung erscheinen wird.

LEBENSLAUF.

Ich wurde am 14. November 1861 zu Naunheim bei Wetzlar geboren. Nachdem ich in der Elementarschule meines Heimatdorfes den ersten Unterricht genossen hatte, besuchte ich die Höhere Knabenschule zu Wetzlar und dann die Realschule I. O. zu Giessen, die ich Ostern 1880 mit dem Zeugnis der Reife verliess. In Giessen und Marburg studierte ich germanische und neuere Philologie und bestand im Februar 1884 das Examen pro facultate docendi vor Königl. Wissenschaftl. Prüfungskommission in Marburg. Nach einjährigem Militärdienst leistete ich von Ostern 1885 bis Ostern 1886 mein pädagogisches Probejahr an der Friedrich-Wilhelms-Realschule zu Eschwege ab und wurde dann als ordentlicher Lehrer an die Höhere Mädchenschule zu Mühlhausen in Thür. berufen, an der ich seit dem 1. Mai 1886 thätig bin.

Vorlesungen hörte ich bei den Herren Professoren Lemcke, Braune, Oncken, Bratuscheck in Giessen; Stengel, Lucae, Justi, Varrentrapp und Bergmann in Marburg.

Herrn Prof. Dr. Kluge in Jena spreche ich für sein bereitwilliges Entgegenkommen und für die freundliche vielseitige Anregung, die er mir gegeben, meinen herzlichsten Dank aus.

www.ingramcontent.com/pod-product-compliance
Lightning Source LLC
Chambersburg PA
CBHW022158020726
47496CB00008B/2773
* 9 7 8 3 7 4 3 6 5 2 8 6 6 *